胡闲探案

赵茗狂 著 ※ 华斯比 整理

北京联合出版公司

图书在版编目（CIP）数据

胡闲探案 / 赵苕狂著；华斯比整理. — 北京 ：北京联合出版公司，2021.3
ISBN 978-7-5596-4964-5

Ⅰ. ①胡… Ⅱ. ①赵… ②华… Ⅲ. ①侦探小说－小说集－中国－当代 Ⅳ. ① I247.7

中国版本图书馆 CIP 数据核字（2021）第 013505 号

胡闲探案

作　　者：赵苕狂
整　　理：华斯比
出 品 人：赵红仕
选题策划：上海牧神文化传媒有限公司
责任编辑：高霁月
特约编辑：华斯比
美术编辑：周伟伟

北京联合出版公司出版
（北京市西城区德外大街 83 号楼 9 层　100088）
北京联合天畅文化传播公司发行
上海盛通时代印刷有限公司印刷　新华书店经销
字数 130 千字　889 毫米 ×1194 毫米　1/32　7 印张
2021 年 3 月第 1 版　2021 年 3 月第 1 次印刷
ISBN 978-7-5596-4964-5
定价：68.00 元

版权所有，侵权必究
未经许可，不得以任何方式复制或抄袭本书部分或全部内容
本书若有质量问题，请与本公司图书销售中心联系调换。
电话：010-65868687　010-64258472-800

整理说明

为最大程度保留晚清民国时期侦探小说的文体风貌,同时尊重作家本人的写作风格及行文习惯,"中国近现代侦探小说拾遗"丛书对所收录作品的句式以及字词用法基本保持原貌,所做处理仅限以下方面:

一、将原文竖排繁体字改为横排简体字;

二、将原文中断句所使用的圈点改为现代标点符号;

三、校正明显误排的文字,包括删衍字、补漏字、改错字等;

四、原作为分期连载作品的,人名、称谓等前后不统一处,已做调整,使之一致;

五、为符合现代汉语规范并顺应当下读者的阅读习惯,已对个别晚清民国时期用字用词进行了调整,现举例如下:

1. "那末"改为"那么";

2. 程度副词"很"和"狠"混用时,统一为"很";

3. "账房"和"帐房"混用时,统一为"账房";

4. "转湾""拐湾""湾曲"等词中的"湾"字,均统一改为"弯";

5.用作疑问词的"那"统一改为"哪";

6.用在句末的助词"罢"统一改为"吧";

7.用作第三人称指代"女性"或"人以外的事物"的"他",统一改为"她"或"它"。

由于编者水平有限,其中难免有不足之处,祈请读者批评指正!

目 录
CONTENTS

裹中物　　　　　　　　　　　001

榻下人　　　　　　　　　　　015

谁是霍桑　　　　　　　　　　027

新年中之胡闲　　　　　　　　039

胡闲探案　　　　　　　　　　049

狭窄的世界　　　　　　　　　059

鲁平的胜利　　　　　　　　　073

少女的恶魔　　　　　　　　　131

附录

《胡闲探案：鲁平的胜利》作者自序　　205

《胡闲探案》各篇初刊一览　　　　　　207

编后记　　　　　　　　　　　　　　　209

裹中物

哈哈，诸位请了。在下名唤胡闲，草字适斋（这位大侦探倒像是新文化大家胡适之①先生的令弟——澹盦②戏注）。讲起我的头衔，倒也煊赫得很，人家总得称我一声"大侦探"。

啊，且慢！诸位都是老看侦探小说的，听见了在下的这番话，定要说道："讲到大侦探，在外国有福尔摩斯、聂卡脱③，在中国有霍桑④、李飞⑤，这都是我们知道的，倒没有听见过你这个名儿，大概是你

---

① 胡适（1891—1962），字适之，徽州绩溪人。中国现代学者、思想家、新文化运动领袖之一。任北京大学教授时，发表《文学改良刍议》，提倡文学改革，宣扬个性解放、思想自由。著有《中国哲学史大纲》《尝试集》《白话文学史》等。
② 澹盦：陆澹安（1894—1980），名衍文，字剑寒，号澹盦（后改为澹庵，最后改为澹安），江苏吴县人，别署琼华馆主，笔名"何心"等。中国现代文学家、侦探小说家、古典文学研究家、编辑家、书法家。著有侦探小说《李飞探案集》、古典文学研究著作《水浒研究》等。
③ 聂卡脱：Nick Carter（现今一般译为：尼克·卡特），美国"廉价杂志"时代的侦探小说角色，其探案故事于晚清民国时期被译介到中国。其他译名还有：聂克卡脱、聂格卡脱、聂克楷式。
④ 霍桑：程小青侦探小说代表作《霍桑探案集》中的著名侦探形象。
⑤ 李飞：陆澹安侦探小说代表作《李飞探案集》中的著名侦探形象。

在那里吹牛吧。"

那我就回答道:"不不,我确是一个大侦探。讲起资格来,虽及不上福尔摩斯、聂卡脱,倒也与霍桑、李飞不相上下,不过少和诸位会面罢了。如今我见他们把自己的案子,一桩桩地登载出来,不免有些眼红,所以也想效颦一下。所可惜的,我并没有像包朗①、韫玉②女士这种懂得文字的朋友,只得自己动笔了。"

不过我要声明一句,我与他们,却有不同之点:他们所记的,都是成功的历史,我所记的,偏偏都是失败的事实。何以呢?因为我当侦探,足足有十多年,所担任的案子,没有一桩不遭失败,从没有成功过的,所以只得就失败一方讲的了。但是诸位听了,千万别笑,其实拆穿西洋镜③讲起来,哪一个侦探是没有失败过的?哪一个侦探,又真能次次成功呢?

闲言休絮,让我且把初出茅庐的第一案记在下面,以后遇有机会,再一桩桩的,陆续在这《侦探世界》④中发表吧。

---

① 包朗:程小青《霍桑探案集》中的角色,霍桑的助手。
② 韫玉:王韫玉,陆澹安《李飞探案集》中的重要角色"我",既是侦探李飞的妻子,又是他的助手。
③ 西洋镜:民间一种供娱乐用的装置,匣子里装着画片,匣子上有放大镜,可见放大的画面。因最初画片多西洋画,故名。比喻故弄玄虚借以骗人的行为或手法。
④《侦探世界》:民国侦探杂志,半月刊,1923年6月创刊,1924年5月停刊,共出版24期,由上海世界书局印行,是中国第一份侦探小说专刊。程小青、陆澹安、赵苕狂等人都曾担任该刊编辑。

我从小就喜欢当侦探，替同伴侦探事情。他们遇着失去了什么洋囝囝①，或是什么小喇叭，总是走来托我。我也总是尽忠竭智地替他们去探访，成功失败，倒不放在心上的。所以我对于侦探学一门，可以说得是生而知之者。后来虽连次地失败下来，同伴的信用，差不多丧失已尽，也没有人来请教我了。但是我并不为之灰心，更一心一意地研究起来。

等我长大以后，一面在学堂中读书，研究普通科学，一面就入了外国一个函授学校的侦探科，专习侦探学术。不上几年，什么手印学啊，足印学啊，烟灰学啊，犯罪心理学啊，都很有些门径。

那时我也在高等学堂中毕了业，我想这是我服务社会的时候了，不如就挂块牌子，做个私家侦探吧。这在中国虽是创见，但也是一个正当的职业，官厅总不能干涉我啊，便去和我父母商量。好在他们二老是无可无不可的，一听我的说话，倒也十分赞成。这个主张，便成立下来了。

于是我在上海极格龙东路，租了一个事务所，堂而皇之、煊而赫之地，把那块"大侦探胡闲"的铜牌子，在门前挂了出来，上面还添了一行小字，写道：某国某某大学校侦探专科博士。

---

① 洋囝囝：方言，即洋娃娃，亦作"洋囡囡"。

这虽带点儿吹的性质，可在目下这种时代中，倒也少不来呢。但是话又说回来了，既然当了大侦探，一个人总办不了啊！

于是我又在报上，登了一个广告，招请一位助手，和一个司阍①。这个广告一登出去，我的事务所中，登时热闹起来。一日之间，也不知来了多少人。

这个说："我于侦探学一门，是很有经验的，从前邻居的人家失去了一只鸡，是由我替他破案的呢！"

那个说："我当司阍这个职业，已好多年了，有我看守了门，连一个苍蝇也混不进来。"

但是我知道这件事情是很重要的，这一位助手，和一个司阍，将来都与我有切己的关系，如今考选的时候，万万含糊不得的，所以任他们说得天花乱坠，我只索当作耳边风。

后来好容易，总算选定了两个人才了，让我且替诸位介绍一下吧。

这位助手，唤作夏协和，是个二十多岁的少年，生得一表人才，但是我所以选取他的，却不在此，实因为他是一个跛子。你道跛子有什么好处啊？原来我所以要用一个助手，本预备将来要尾随什么罪人的时候，自己或是分身不来，或是出面不得，就教他去代劳一下的。

---

① 司阍：看门的人。

如今是个跛子,就不致起对方之疑了,而且他虽是个跛子,行走动作,都很矫健,与不跛者丝毫无二呢。

讲到这位司阍,那更妙了。他姓皮,并没有什么名儿,因为是寅年生的,乳名就唤作老虎,大家也就唤他皮老虎,倒是一个大名件,天聋还兼地哑。我所以要用这么一个人,也正有深意。因为这种当司阍的,最是靠不住的,人家给他几个钱,他就要拿我的秘密卖了出去。如今用了他,这一层倒可不必虑到了。

我布置既定,心中得意得了不得,想我如今居然像样样地成了一个大侦探了,以后遇有机会,就可和霍桑、李飞抗一下子手啊!所以每天九句钟①一敲,就高高兴兴地到事务所中去,直到下午五六句钟才走。

但是这样地过了几个月,别说一个主顾,就连一条狗,也没有走进来过。我倒并不在意,却把这位助手夏协和先生,闲得慌了起来了,只是举着他那双跛足,绕室乱走。司阍皮老虎,也有些不耐烦起来,常常对着我"哑哑"地乱喊,似乎说生涯怎么如此的清淡啊?我总含笑安慰他们,教他们别着慌。

---

① 句钟:点钟。

有一天，我正在室中枯坐着，皮老虎忽然口中"哑哑"地喊着，奔了进来，一到我的面前，就喜滋滋地把一张名片递了上来。

我知道是主顾来了，不觉笑逐颜开的，接来一瞧，只见上面写着"陆淡如"三个字（这位先生却并不是我的老弟，阅者不要弄错了！——澹盦戏注），暗想陆淡如不是我三年前的旧友么，已和我踪迹久疏了，如今他来作甚啊？一壁①也就做个手势给老虎，教他去请了进来。

老虎会意，忙退了下去。此时夏协和也知道有主顾到来，跛着他那双足，忙三足两步地回到他座位之前，坐了下来了。

一刻，陆淡如已走了进来。我忙含笑起来，大家欢然地握了握手，又坐了下来。

寒暄了一阵，陆淡如便说道："我此来，一则是拜访故人，二则还有一桩事情，要烦劳你大侦探一下呢。"

我道："什么事情？请你讲吧，我总可以效劳的。"

陆淡如道："那我就讲了。我住在清凉路清凉别墅，想来你是知道的。我有一个舍妹，名唤秀娟，许字赵督军的长公子，下星期二，就要在上海结婚了。所以吃喜酒的客人，已来了不少，都住在别墅中。

---

① 一壁：也说"一壁厢"，即一面，表示一个动作跟另一个动作同时进行。

谁知如今忽出了一桩事情了。原来舍妹的一朵珍珠胸花,和一个钻石项圈,都被人家偷了去了。你想这都是妆饰必要的东西,当此喜期已近,怎好失了去啊?"

我问道:"那是几时失去的?"

陆淡如道:"是昨晚失去的。舍妹昨晚临睡的时候,还把来赏玩一下,才放在梳妆台的抽屉中,还有一个匣子盛着。谁知今天上午,要把它取出一戴,已连那匣子不翼而飞了。"

我道:"梳妆台的抽屉,想来是上锁的,你也查勘过没有?到底是用什么器具撬开的,也有什么手印留在上面么?"

陆淡如叹道:"唉,就坏在这个上头了。不瞒你说,我今天一得了这个消息,虽秘密着没有宣布出来,暗地却请了两个侦探来。他们查勘了一阵,都说抽屉上的锁,并没有弄坏,大概是舍妹匆匆地关了一关,忘记把它键上吧。至于手印也一点找不出来,你道棘手不棘手呢?"

我道:"室中门窗如何,那总有点线索可寻么?"

陆淡如道:"这更不要说起了,因为舍妹素来是大意惯的,伊的房门,总是虚掩着,并不上闩。所以贼人尽可自由出入,还有什么线索可寻呢?"

我道:"这样说来,这件案子,竟全是绝望的了?"

陆淡如道:"这倒也不然,因为这两个侦探,已在别墅的四周,细细查勘过,并没有一些痕迹,知道这个贼人,并不是从外面进来的,不是屋中的婢仆,就是那班吃喜酒的客人了。不过我已把所有的人,一个个细细研究过。除了一个人颇有可疑之外,其余的人,觉得都很可靠,我敢担保他们决不会做这类事情。所以我们只要注意这个人就是了。"

我道:"那么他是个什么人啊?"

陆淡如道:"他唤作金一清,我从前并不认识他,是我一个亲戚带了同来的。我如今想请一个人,把他的行动细细注意一下。因此我到你这里来,想把这桩事烦劳你。因为你的外貌,绝不像是个侦探,使他见了,不致起疑呢。你也能允许我么?你只要也装是来吃喜酒的就是了。"

我笑道:"这件事情,是很容易的,我包可同你效劳。停会我到你别墅中就是了。"

陆淡如也就欢然辞去。

过了一会,我已到了他的别墅中了。陆淡如假装出一副久别重逢的神气,又替我和金一清介绍了。

我忙向金一清一瞧,见他年纪有二十七八岁,相貌倒也生得不俗,不像是个做贼的。不过转念一想,这倒不能作准的,难道一个人做了贼,就有贼的招牌挂在外面么?后来又细瞧他的形状举动,觉得他虽同别人一样，也在那里谈着笑着，但是不知不觉之中，总有一种疑惧的神情露出来。暗想他是来吃喜酒的，如果没有什么亏心的事情，要疑惧什么？如此看来，他这个人倒有七八分可疑了。

于是我决意和他去亲近，想借此套取他的秘密。谁知后来细细一谈，他还是我高等学堂中的同学啊！不过相隔了好多班，所以不认识了。因此我们的交谊竟立刻进了一层，不到几个钟头，竟熟得了不得了。

晚饭吃后，我在他室中谈着天，他忽四下望了一望，低声对我说道："不瞒你说，我如今做下了一桩尴尬的事情了。你也能瞧在同学的分上，救我一下么？"

我暗想我的猜测，果然不错，竟不烦我用什么法子，他自己向我吐起供来了，便问道："到底有什么事情啊？"

他道："这件事情，恕我不能直说，不过有点不应该就是了。如今这里的主人和他的妹妹，都有点疑心我起来，对于我的一举一动，都很注意。所以要想请你救我一下。"

我暗想你来吃喜酒，竟把人家的首饰偷了去，真是很不应该的，难怪他们要起疑。我本是他们请来侦探的，怎能救你啊？一壁也就说道："好的，你要我怎样救你呢？"

他脸上微微红了一红，说道："我别无什么要求，只有一个纸裹，请你替我带了出去就是了。"

我听到这里，心上不觉扑扑地跳了几跳，又忍不住竟要笑了出来，暗想天下竟有如此容易的事，贼人竟把赃物送到侦探手中来了，也就答道："好好，我照办就是了，纸裹呢？"

他又四下望了一望，方从一个手箧中取了出来，很郑重地递给我道："你好好地替我保管着，别失去呢！"

我接在手中，掂了一掂，觉得分量很重，想道："不错，大概两样东西都在里面了，并且还有一个匣子装着呢。"

此时又听他说道："请你明天一早，就替我带了出去，我下午向你来拿就是了。你约在什么地方啊？"

我想了一想，便道："你到极格龙东路十号来取就是了。"

他点了点头，我也就携了纸裹辞了出来。

他又低声吩咐我道："我还有一件事情要求你，你千万别把这纸裹打开呢。"

我道："我一切遵办就是了。"

我回到自己室中，倒有些踌躇不决起来：想我还是就去告诉陆淡如，把金一清捉住呢？还是隐忍一下，让金一清逃走呢？

后来细细一想，金一清和自己到底是同学，此事如果张扬出来，母校名誉也受影响，不如等金一清明天到我事务所去的时候，当场指破了他，然后把他教训一场吧。

至于这种首饰，想个法子，还了淡如，也就完了。主意打定，纳头便睡。

第二天早上，我就挟了这个纸裹，走了出来，人家倒不注意呢。回到事务所中就把它放在保险箱中，想停会当着一清的面，拆了开来就是了。又唤夏协和过来，吩咐了几句话，专待一清一至，就可做我这出拿手好戏了。

谁知下午三句钟的时候，淡如那里，忽然来了一个电话，说这种东西，是一个婢女偷的，现已人赃并获，一颗珍珠、一粒钻石，也没有少呢。

我听了这个电话，倒不觉呆了起来，起先的一团高兴，也登时融消殆尽。暗想这种首饰，既不是一清偷的，这纸裹中，又是些什么东西啊？

正在这个当儿，老虎又"哑哑"地喊着走了进来，一清也就跟在后面，见了面，略略说了几句话，就向我索取这个纸裹。

我就开了保险箱，取了给他，一壁问道："里面到底是什么东西啊？"

一清不就回答我的话，笑道："原来你是一位大侦探么？这样说来，你昨天去到清凉别墅，乃是他们请你去的了？"

我道："不错，他们那里失去了几件值钱的首饰，所以……"

一清忙问道:"失窃么?首饰么?"

我笑道:"你别着急,方才我得了一个电话,知道这件案子已经破了,是一个婢女偷的,现已人赃并获呢!"

一清听了,不觉怒声道:"如此说来,他们疑心我,并不是疑心别事,乃是疑我偷取他们的首饰了,这真岂有此理啊!"说着,把这个纸裹一层层地解了开来,原来乃是两只很大的干片①匣子。

我问道:"这里面是什么片子啊?"

一清道:"我实对你说吧,我是在某报馆中当特约访员的。近来因为陆淡如的妹子秀娟女士,要和赵督军的儿子结婚了,我们报中想把伊的倩影登了出来。但是外面所觅得的,又小又模糊,不甚适用,所以就把这件事情委托了我。我因托了一个熟人介绍,混了进去。有一天凑巧得很,大家都到外面游玩去了,秀娟女士恰在园中散步。我就把照相器取了出来,把伊的倩影,偷偷拍了几张。但是拍是拍了,秀娟女士似已有些觉得,对于我很注意。因此我不敢自己把干片拿出外面来,深恐被伊搜了去,全功尽弃呢。如今听你这么一说,才知是我弄错了,他们并不知道这件事,乃是疑我偷取他们的首饰呢!怪不得我早上散了步回去,见他们乘我不在室中的时候,已把我的手箧搜

---

① 干片:感光片,用于摄影或翻印的底片。

过了。"

我道："但是，如今你还不得安逸，我和淡如是很要好的朋友，难道许你把他妹子的小影偷拍了去么？"

一清道："如今干片在我手中了，你如要阻挡我，有死而已。"

我忙笑道："你别如此着急，我是和你说得玩的，难道同学的交情，不及朋友么？"

一清也笑道："这才是啊！其实把伊的倩影登了出来，也于伊无损呢！不过他们可恶极了，竟疑心我是贼，我将来总得报复一下的。"

榻下人

我自从担任了上一次那桩案子以后,已有好多时候没有主顾上门了,为节省用度起见,就把家眷搬了来,住在事务所的后面,免得两处开销。

有一天晚上,约近十一句钟的时候,我闲着无事,将要就睡了,我那位忠厚的司阍皮老虎,忽然口中"哑哑"地喊着,走了进来,一壁又向我做手势,似乎说有位主顾来找我呢!

我忙同着他走了出去,只见外室之中,有个仆役模样的人,等在那里,一见我面,就慌慌张张地说道:"先生,你就是胡大侦探么?我们家中出了人命案子了,请你快去!"

我笑道:"你且镇静一下儿!你到底是打哪里来的?你们家中,到底出了什么案子?先来同我说个明白。"

他听了,才把自己极力镇定了,说道:"我唤王福,就在这里隔壁的周家服役,约在几分钟以前,宅中忽然起了一声枪声,仿佛是从我们小姐卧室中发出来的。我们忙赶了过去,只见房门紧紧地闭着,连呼小姐开门,小姐竟不答应,好似遭了什么意外了。我们老爷知道不妙,所以吩咐我赶快来请先生过去呢!"

我把头点了点,道:"不错!我在七八分钟以前,隐约听得一声枪声,大概就是你们那里发出来的了。"随又向我那只夹金手表上,望了一望,接着说道:"这一声枪声,大概在十点五十一分至五十二分之间。侦探家对于出事的时间,最宜注意,不可忽略啊!如今我就同你过去吧!"说完,又向皮老虎做个手势,教他好好看守门户,便同王福走了出去。

周家大约还有几个钱,住的是一所洋房,前面还有一片草地,四周打着篱笆,场面很是不错。

我一到那里,王福就对我说道:"我们小姐的卧室,是在二层楼上的右偏,正靠着先生的屋子那一边呢!"说着,便引我走上楼去。

我刚一走到楼上,就见右面一间队室的门前,围着许多人在那里,七张八嘴地闹个不了。

一位五十多岁的老者,一见我和王福到来,就赶了过来,问道:"先生就是胡大侦探么?"

我忙道:"不敢,不敢!"一壁又向他请教,知道他就是这里的主人周仁卿,随又问道:"房门已经开了没有啊?"

仁卿道："还没有，我们正在这里想法子咧！"

说的时候，已到了门边了，我一壁教众人让开一些，一壁就电灯光下向门上望了一望，问周仁卿道："钥匙呢？"

仁卿道："这个门上的锁，是由小女特配的，钥匙带在她自己的身边，别人没有法子进去呢！"

我道："那么府上有斧头这一类的东西么？如今总以赶快破门进去，为第一要义。关于这种案子，办得愈速愈妙，千万不可耽搁啊！"

我这句话一说出，便有一个仆人，应着一声"去了"，一会儿便取了一柄锈得什么似的斧头来。

我也不管三七二十一，便取来向门上劈着。不到一刻，居然把锁具毁去，把这门打开了。

我便对周仁卿说道："我同你二人进去吧！别人都教他等在门外，因为人一多，容易把案中的证据弄乱呢！"

仁卿点点头，便同我走了进去，只觉得火药之气扑鼻，室中又漆黑一片，并没有点灯。

我道："电灯的机关在哪里啊？"

仁卿也不答话，就在门边电灯机关上一扳，室中登时亮了。

我忙飞速地四下一瞧，只见床上直僵僵地躺着一个人，大概就是这位周家小姐吧！

此时周仁卿似亦瞧见了，口中顿时惊呼了一声，赶了过去。

我忙也三脚两步地奔到床边，拉着他道："你别惊恐！事已至此，悲也无益，还是让我细细地勘查一回吧！"

他听了，叹了一声，勉力止着他的悲怀，低着头，掩着面，在床前一张椅子上坐了下来了。

我这才把床上那位周小姐，细细相了一阵。只见她的年纪，约有二十一二岁，相貌长得尚还不错，此时恰已直僵僵地睡在那里，一些生气都没有，左鬓边拥着一大摊的血，连枕函都染成了殷红之色，一望就知是中了枪了。

照状瞧来，大概她被杀之时，正值香梦初回之际，来不及有什么举动，就被无情的枪弹打死了呢！

我看了这种惨状，觉得毛骨悚然，也就不敢向她再看，掉过头去，对仁卿说道："照我看来，令爱大概已遭了凶人的毒手，十有八九，是没有生望的了。不过你还得请个医生来瞧瞧呢！"

仁卿听了，不觉泪如雨下，也就点了点头，走出了去。

我暗想这件案子的范围，此时已确定了，是一件谋杀案，并不是自杀，这是照情形看来，是如此的。凶器是一柄手枪，这是就顷间所闻的枪声和死者鬓边的伤痕而断定的。

如今只要在室中能觅得案中的一点证据，或一点线索，就可去找寻凶手了。并且证据不必大，线索不必多，就是稀稀的几根头发、小小的一个指印，如能做得全案的关键的，我们做侦探的得到了，就可着手了。

于是我就在室中找寻起来,可是我手足并劳、五官并用地这么过了好一阵,竟找不到一点可以做得证据的、做得线索的,倒不免暗暗地佩服这位凶手起来。想他的手脚真做得干净,我这样精明的勘查,竟得不到他一些间隙啊!

正在这个当儿,忽听得门外有一个人说道:"那面靠墙壁的地上,不是有一柄手枪?怎么这位大侦探,在地上猫捉老鼠似的,搜寻了这么一会子,竟没有瞧见啊?"

我听了,脸上不觉一红,暗想:这真是惭愧啊惭愧!我一心只注在头发和指印上面,竟把这重要的证据手枪忘记了,随向靠墙的地上一望,亮晶晶的,不是一柄手枪是什么?也就取了起来,拿在手中观看一番。见是一柄旧式的手枪,枪房中还留着四个弹子,一个弹子已发出去了,周家小姐就死在这一弹之下,那是毫无疑义的了,也就很郑重地,把这枝手枪装了起来,便又走到窗边,拿出电筒,细细地照了几照,想地上我已搜寻遍了,还是在这上头用一下子心吧。

不到一会,果然在右偏一个窗槛上,发现了许多足印,又发现窗下的漆,也有剥落之处,并且一望而知是新近剥落的,大概凶手就在这里上下吧,不禁大喜欲狂,心想这种证据一得,破案定在目前。我如今只要再到窗下去瞧瞧,就知分晓了,想着也就回身向室外走去。

此时周仁卿恰陪了一位医生,走进来了,我匆匆对他说了几句,也就走了下来，到了窗下，取出电筒一照，倒没有什么足印。

不过相距数步之外，留着一个很显明的痕迹，好似有一乘梯子，新近曾倚过在那里的。这样一来，我不觉恍然大悟，知道凶手定是由梯子上走上去的，犯了事后，仍由梯上走下，又把梯子移了开去，免得人家起疑。这个凶手的手段果然非常厉害，可是逃不过我的眼睛啊！随又在各处找了一找，早见有一乘梯子，倚在篱边呢！

我很得意地走回去，刚走到下面正屋中，恰见仁卿亦伴了这位医生走了下来，大概已诊视完了。

我还没有说什么，仁卿就很欣喜地对我说道："胡先生，你方才弄错了，小女并没有死呢！据这位先生说，枪子不过在她的左鬓上略略擦了一下，出了一些血，受了一些微伤罢了，并没有打中呢！不过因受惊过甚，晕了过去，如今也已醒了过来。但是人还不甚清楚，这位先生已给她吃了一点药，大概静卧一会，就可好了。"

我听完，脸上不觉一红，一时倒恶恶①地说不出什么话来，可是一转念间，又从容自若了。想她仅仅是晕去，我说她是死了；她仅仅是被枪弹擦伤，我说她是中了枪子了。这不过进一步的说法就是了，于

---

① 恶恶：惭愧的样子。

事实的根本上,并没有什么错误啊!所以等待仁卿送出了医生回来,我就得意扬扬地,把所探得的事实,一五一十地都告诉了他。仁卿听了,也不住地点头。

我又说道:"照我看来,凶手并不是真怀着行凶的目的而来的,或是行窃,也未可知。不过当他从梯子上爬进来的时候,一不小心,忽把令爱惊醒,不免惊呼起来。他为自防计,所以不得不出此下策了。周先生,你也听得令爱惊呼之声么?"

仁卿道:"有的,不过在枪声之后呢。"

我不觉呆了一呆,一会儿,又得意扬扬地说道:"不错了!在科学上讲起来,枪声之传,或较呼声之传为速呢!"

正在这个当儿,王福忽才言道:"胡先生,你方才不是讲过梯子那桩事情么?那乘梯子,是我今天放过在那里的。因为上面有一块铅皮要掉下来了,我所以走上去把它敲牢一下子呢!"

他这句话一说,我的证据,不觉又被他根本推翻了,倒又呆了起来,心想凶手既不由此上下,房门又锁得紧紧的,室中我也约略查过一查,并没有半个人。那么这个凶手,究何自而来,又何自而去呢?这样看来,谋杀一层,不成问题吧!大概是这位周小姐意图自杀了,但是又为了什么原因呢?

我一壁着想,一壁也就拿出那枝旧式的手枪,问他们道:"这枝手枪,你们从前见过没有?也知道是什么人的?"

仁卿摇摇头说"不知道"，王福倒朝那枝枪细细相了一会，才说道："这枝枪倒有点相熟，好像是林少爷的呢！"

我忙问道："哪一位林少爷？"

王福道："就是住在极生路那位林雪生林少爷，他光复的时候，曾充过保安团中的队长，所以有这枝手枪，我从前曾在他那里服役过，常常见他把玩这枝手枪呢！"

我道："他和这里认识么？"

王福道："怎么不认识？他还是小姐一个要好朋友呢！不过近来有好几天不来了，听说是彼此口角过了。"

仁卿听到这里狠狠地瞅了王福一眼道："这些事没有什么关系的，要你混说什么？还不和我滚下去么？"吓得王福诺诺连声而退。

可是，我心中，登时又立下了一个理论了。想周小姐和那姓林的关系，大概是很密切的，或已订下了婚约，也未可知。如今忽又有些意见不合，不免口角起来。今天或者和那姓林的，不知又在什么地方遇见了，那姓林的就向她恐吓，说你如果再这样地和我闹意见，定拿手枪结果你的性命。

周小姐为将来自卫计，乃想出一个法子，把他那枝枪骗了回来了。后来睡梦之中，忽又想起了日间口角的那回事，不觉动了自杀之念，就糊里糊涂地在枕边取出枪来自击。这个时候，人也醒了过来，不觉惊呼了一声，把枪掷去，人又登时晕了过去了。

我把这种意思，反反复复地想了一阵，觉得倒还不错，便想走上楼去，把周小姐的近侍盘问盘问，用来证实我这种理论。

刚要行时，只听得楼上喊了起来道："呀！有一个人从小姐的榻下钻了出来了！"

我忙同仁卿奔上楼去，只见一个衣服很华丽的少年，已被许多人捉住了。

仁卿一见，就奔去重重地打了他几下耳光，厉声问道："你到底是什么人？怎么半夜三更，躲在人家的榻下啊？方才放枪，不也就是你么？"

少年忙用手捧着脸，哀声道："你别打我，我对你说就是了。我叫蔡伯当，本地人，我看中了这里的这位小姐，已不知有好多时候了，可是总没有法子下手，今天偶然打这里经过，忽然看见有一乘梯子靠在楼窗上，想这位小姐的卧室，我是打听过知道的，不就是有梯子靠在上面那一间么？我如今乘无人看见的时候，爬了上去，躲到夜深人静的时候，不是就有机会可图么？一时心中糊涂了一下子，真的爬了上来了。后来在榻下躲了一阵，倒又懊悔起来，想此事如果一弄穿，不是要身败名裂么？并且强奸室女，也不是我们这班人所应做的呢！可是偷偷出来一瞧，梯子早已撤去，门又锁得紧紧的，没有法子下去了，也只得耐着心肠，仍旧躲在榻下。好容易躲到了将近十一句钟的时候，实在不能再忍耐下去了，便偷偷地走了出来。谁知这位小姐，刚从梦中醒来，一见我面，便惊呼起来。我不觉心中一急，就朝她放了一枪。"

我问道："这枝枪是哪里来的？是你自己的么？"

蔡伯当道："这是我朋友林雪生借给我的，因为我常在外面走走，情敌太多了，所以不得不把它带在身边，防备一下子呢！"

我又问道："你放了枪后，又怎么样呢？"

蔡伯当道："那时我知道事情不妙，不知不觉地，把手枪落在地上，忙又在老地方躲了进去。一会儿，你又进来了，在室中四下地乱寻。我心中急得什么似的，想这一次总要被你找着了。这可怎么好啊？谁知你只在四下乱嗅，并不向榻下望望，我倒又暗笑起来，想这位侦探，竟如此的粗心啊！这是我的幸运了！"

我听到这里，脸上登时红了起来，大众又"扑哧"地向我一笑，我更觉得难为情了。

此时又听他接着说道："后来你虽走下去了，房中接连的没有断过人，我竟没有逃走的机会。直至现在，冒险一试，谁知竟被你们捉住了！如今既然落在你们的手中，或斩或剐，听凭你们办理吧！我也没得话说了。"

仁卿听完，默默地想了一阵，叹道："咳！好个大胆的恶少，竟敢如此胡行么？本该把你送官重办的，不过法律上的制裁是有限的，还是放你回去，好好儿受一阵良心上的裁判吧！"说罢，又厉声斥道：

"还不和我快滚？站在这里做什么啊？"吓得蔡伯当忙抱头鼠窜而去。

我知道没有什么事情了，也就辞了出来。仁卿倒好好地向我谢了几句，并送我一笔钱，我倒觉得却之不恭，受之有愧呢！

谁是霍桑

"你是大侦探胡闲先生么?我们这里,出了一件疑难事情了,请你快些来吧!"

这几句话,说得又快又急,我在电话中听得了,知道这位打电话的先生,在这当儿,正是焦躁不宁,大概那面真的出了什么疑难案子了,便问他到底是什么事情。

他说:"电话中不便说,你来了自会知道。"

我也不便再问下去,单问明了他的地址,便把电话筒挂上,整整衣装,走了出门,径向那面行去。

到了那面,见着一位二十多岁的少年,姓秦名堪新,一见我面,就匆匆地说道:"方才那个电话,是我打的,我们这里正出了一件'双包案'①呢!"

我听了不觉一诧,便问道:"怎么说?双包案啊?"

秦堪新打了一个哈哈,说道:"匪但是双包案,还是双双包案呢!我来对你说吧!我们这里近来出了一件案子,至于这件案子的内容,因为与此事无关,所以也不和先生多说。我自从出了这件案子,就想请个著名侦探着手查探一下,便想起大侦探霍桑来了。但是霍桑并不在上海,又不知道他究竟在哪里,我便在报上登了一条,请霍桑见报就到这里来一趟,有事和他相商。"

我揆言②道:"这条广告,我倒没有瞧见,你登在什么地方啊?"

秦堪新道:"我登在《现世报》正封面的地位,因为广告费太贵,只登了一天,大概你刚刚没有留心吧!"

我道:"这条广告登出,也有效力么?"

秦堪新笑道:"怎么没有效力?不过效力太大了,不到三天,竟来了四个人,都说自己是霍桑,教我倒有些弄不下去了。"

我惊诧道:"奇呀!怎么来了四个霍桑?到底哪个是真的呢?"

秦堪新道:"这个我怎能知道?所以要请先生来了。如今请先生替

---

① 原指戏剧《双包案》,其大致情节为:包拯放粮回朝,途遇黑鼠精,亦变作包公模样,与之相混淆。一时法堂之上,真假包拯、王朝、马汉六人相见后,相互质对,难辨真伪。后来又有《双双包案》。这里指后文提到的出现四个大侦探霍桑的情形。
② 揆言:插嘴。

我侦探一下子,到底哪个是真的,等你决定后,我好把那件案子交给他办呢!"

我听了,不觉又是好气,又是好笑,想这个要侦探什么?索性把那件案子,老老实实交给我办就是了,何必再去请教什么霍桑呢?难道以为我的本领不及霍桑么?想到这里,就想向他掼起纱帽①来,不和他担任这件事情。忽又转念一想:"我何必和他争这口闲气?横竖我正闲着无事,就替他侦探一遭吧。如果真的侦探出来了,霍桑定大大地感激我,一定要替我四处揄扬,我的名誉不是就可增高起来么?"也就点头答应道:"好的!不过我要问你,这里上海地方,也有人认得霍桑么?如果有人认得,只要教他来一指认就是了,不是可以省许多事么?"

秦堪新把头摇摇道:"霍桑的名气虽大,但是我们上海没有人认得他,也没有见过他一张照片,指认一层,恐怕难办到吧?"

我道:"那么他们四个人,如今都在哪里,也好请出来让我见见么?"

秦堪新道:"他们都已走了,听说都住在亲友家中呢!"

我想了一想,说道:"也罢,想来他们总把寄寓的地点留下的,你就对我说了吧。"

---

① 掼纱帽:方言,比喻因气愤或不满而辞职。

秦堪新便从怀中取出一本日记簿,看了一看,抄了四个地名给我,说道:"这就是他们寄寓的地点。"

我忙接来放在怀中,起身兴辞道:"让我去实地侦探一下,包你明日就有好消息呢!"

到了晚上,我又从寓所中走了出门,顺便把秦堪新开给我的那张单子取出一瞧,只见上面端端正正的,开着四个地名:一个是雪列索落路十三号,一个是无人里二十九号,一个是哈华街九号,一个是毕笛生路六百〇六号。

我顺着路,先到了毕笛生路六百〇六号,见是一所洋房,乘着无人瞧见,便偷偷掩了进去。

到了一个窗下,听见有人在里面说道:"这件案子困难极了,死者乃是一个五十多岁的富商,为人谦和,一生并无仇敌,谁知一天下午,忽被人杀死在室中了。凶器乃是一柄东洋刺刀,就掉落在尸旁,又在墙上发现了一个血指印。后来细细一查,知道这把刺刀,乃是他阿侄的东西,是从东洋带来的。那个血指印,也经专家查过,也是他阿侄的指印呢!"

我听了这一番话,心中暗暗欢喜,想我运气真好,一碰就碰着了。这个说话的,定是霍桑无疑,正在讲他承办的一件案子呢!

忽又听见一个人说道:"这个有何困难?凶手定是那阿侄了!"

先前那一个人笑道:"但是我恰适得其反。你要知道,我是被告律师,须要替那阿侄辩护的。如今案中有了这种强有力的证据,欲辩明他是无罪,很为困难呢!"

我这才知自己弄错了,他原来是一位律师,并不是霍桑,暗地连呼几声"晦气",忙退了出来。

不上一会,我又在无人里二十九号屋中的窗下窃听了,只听见屋中人正在奏弄着一种外国乐器,究竟奏的是什么乐器,我并不是知音,可不得而知了。心中却又暗暗欢喜起来,想霍桑是喜欢奏弄外国乐器的,大概有点近情了。

那人奏弄一回,也就停了,笑着说道:"音乐最是能陶养人的性情,疏散人的脑筋,我把这梵哑铃①刚刚弄了一阵,精神就活泼多了,真是获益不浅啊!"

我听了,想这些话倒与霍桑所说的话不谋而合,大概定是他无疑了。又听他说道:"如今且讲正事吧,那件案子真是奇怪极了,一个富家的公子,看中了一个富家的女郎,那个女郎的芳心,倒也倾向于他,不甚拒却。可是两家父母,为了种种原因,竟不同意,把他们的良缘

---

① 梵哑铃:小提琴,为英语 violin 的音译。也常译作"凡阿林""梵哦铃""梵娥铃""梵亚铃"。

耽搁下来了。后来,费了九牛二虎之力,才把他们父母的意见沟通,居然成婚了。谁知成婚不到三天,那新郎忽厌弃那新娘起来,想要和伊离婚。此事还未实行,新娘忽然失踪,原来伊也厌弃那新郎了,你道奇怪不奇怪啊!"

我暗想:"这真是件奇怪的事情,不知道这位大侦探怎样着手呢?"

此时便听得一个人沙着喉咙问道:"那么你如何着手呢?"

那人笑道:"我又不是侦探,只要把他们两方的心理推阐出来,就可交卷了。本来这位心理学教习①也太稀奇,竟出这种题目,其实严格讲起来,这也算不得是什么心理学中的题目呢!"

我这才知道又上了一次当,竟把一个学生当作霍桑了,也就匆匆走了出来。

第三次,我到了雪列索落路十三号,又干那窃听的玩意儿了。

只听见一人正在说道:"霍桑,照这样说,难道那女子的说话,不尽实在,其中还有别的蹊跷么?"

另一人道:"是啊!包朗,老实告诉你吧,那女子的说话完全假造,其中的真相,恰正相反呢!"

---

① 教习:旧时指教师、老师。

先一人道:"当真么？我不信竟遇见了一个女骗子么？"

后一人道:"那才差不多了，但事实上却不由你不信。"

先一人道:"到底怎么一回事，你且说说看。"

后一人道:"很好，包朗，你听我说一个故事：有一个男子，爱上了一个女子，要和她订婚。但据那男子的父亲观察，他儿子所爱的女子，有种种情由不合，所以不加赞成，并且劝他和那女子断绝。他儿子不但不依，反而窃取了他母亲的饰物，备了一只戒指，私下和那女子订婚。这一件事发作之后，男子的父母，认为这种不名誉事有玷家声，便把那儿子登报驱逐。这样的结果，如果那女子能始终如一，男子也有坚持的毅力，也算不得什么。谁知女子得了那只价值五千元的订婚戒指，又知道他的情人已被家庭驱逐，没有承产的希望，竟就吞没了约指①，赖了婚约，和他冷淡起来。那男子受这打击，正自走投无路，不多几个星期，又得到了一个消息，就是那女子另外和一个男子订婚约了。"

先一人道:"这倒是一个新闻，难道这新闻的影子，就是今天的婚事么？"

后一人道:"这不消说了，你自己去猜吧。"

---

① 约指：戒指。

先一人道:"那么,那女子不就是朱珮声,男子不就是行凶的裘剑英么?"

后一人道:"你只猜中了一个,那男子却还有些曲折。"

先一人道:"怎么?可是还有第三个人么?"

后一人道:"那男子叫作裘志英,是一个文弱的人,受不住挫折,竟发了疯,如今还在疯人院中。刚才行凶的人,乃是志英的弟弟剑英,他这几天,时常往医院里去慰问他的哥哥,并且竭力安慰,声言要替他复仇。今天想必是剑英实践他的复仇主义了。"

(以上一段数百字,是我从一个地方抄得来的[1],但是诸君决不能说我是抄袭家,哈哈!——苕戏注)

我听了这一段,心想:"这前一人定是包朗,后一人定是霍桑,这一次无论如何不会弄错的了。"

谁知正在得意的当儿,忽又听得先一人说道:"桂芬,这出新排的侦探戏,别的都容易做,只有这一段对白太长了,很不容易记熟,我们须得好好儿读几遍,免得上台出丑呢!"

这几句话,一入我的耳中,顿时好似冷水浇背,垂头丧气地,走了出来了。

---

[1] 以上对话出自程小青"东方福尔摩斯探案"之《孽镜》(后修订,改题为《魔力》),1923年1月刊于《游戏世界》第二十期。

如今三处都已探过，只剩了哈华街九号这一处了，真的霍桑定在那里无疑了。但是我这个人是最细心的，不肯大意一点，仍旧去走一遭。

到了那里，只听见有二人在那里谈天，谈的果是一件侦探案子，十分曲折，十分有味。

临了，坐在主位上一个身材胖胖的人，笑着说道："这要算得是你生平最得意的一案，从此'霍桑'二字，更要大响起来了。"

对面那个瘦长身材的人，听了此话，满面露着得意之色，只是微笑。

我此时也微微笑着，想这一次是不会弄错的了。这两个人，就是霍桑和包朗，还有什么疑义呢？

正在这个当儿，忽又有一件东西，赫然射入我的眼帘，原来室中壁上，挂着一个大信夹，插着不少叠的信，每叠上面那信封上，正中都有"包朗"二字露出在外，其余却掩蔽着瞧不见了。

我此时心中一喜，真要喜得喊了出来，暗想："如今万万不会错了，这里定是包朗的寓所呢！"也就欣然归去。

第二天一个清早，我便跑到秦堪新那里，把这些事告诉了他，面上满露着得意之色，暗想："秦堪新如今定把我佩服不置，着实要称赞我几句了。"

谁知隔了半晌,秦堪新一句也不说,只是望着我笑。

我倒弄得莫名其妙,不禁气愤愤地说道:"难道我是弄错的么?"

他哈哈大笑道:"岂敢,岂敢?不但是弄错,实在是根本失败了!我对你说吧,我教你侦探谁是霍桑,原要试试你的本领,故意寻你一下子开心的,谁知你连侦探的常识都没有,竟巴巴地当件事干。你要知道,霍桑不过是程小青腕底造成的人物,并不真有这个人,你又何从侦探起呢?如今你竟对我说已侦探着了,岂不是大大一个笑话么?"

我听了满脸涨得通红,嗫嚅着说道:"那么你所开给我的几个地名,又是怎样一回事?"

秦堪新道:"这是我从日记簿中随意抄了四个地名给你,没有什么道理的。"

我又道:"但是那里确有一个包朗,又确有一个霍桑,正在那里讲他自己侦探的案子,这又怎样讲呢?"

秦堪新不觉也呆了一呆,半晌才笑道:"对了,对了,你末次去的那一处,不是哈华街九号么?这是大小说家包天笑①的住宅,他的号唤作'朗孙',你只在信封上,见了上面'包朗'两个字,下面遮着的那

---

① 包天笑(1876—1973),初名清柱,又名公毅,字朗孙,笔名天笑、天笑生等,清末民国时期著名报人、作家、翻译家,著有《钏影楼回忆录》《钏影楼回忆录续编》等。曾创作短篇侦探小说《歇洛克初到上海第二案》《藏枪案》(歇洛克来华第四案)、《福尔摩斯再到上海》等。

个'孙'字，你却没有知道呢！至于那个瘦长身材的人，定就是程小青，大概他昨晚刚到天笑那里，偶然谈起他所作一篇小说的情节，不料一入你的耳中，竟缠夹到了这个地步了。"

我至此才默然无言，但心中仍还疑惑着，想："错固错了，为何错到这么凑巧？包朗和包朗孙不是仅相差一字么？"

新年中之胡闲

年初四晚上,十一二点钟的时候,大侦探胡闲在朋友家中吃得醉醺醺的,走回家去。

刚穿过逢吉里时,忽有件东西,在他脚下触了一触。但是那时里中的灯光甚黯,却瞧不清楚是什么,便在大衣袋中,取出一具电筒,向地下照了一照。

哈哈!你道是件什么东西?原来是一枚金质的约指,他便俯身拾了起来,见面上还镌着"宝珍"两个篆文字。大概这约指的主人翁是个女子,这两个字就是伊的芳名吧!一壁也喃喃说道:"咦?这个女子真粗心极了,怎么会连戴在指上的约指,都会失去咧?也罢!让我带了回去,明天在报上登个广告,招人来认领吧!"

因为这金约指的本身,虽只有二三钱重,价值并不甚贵,但有名字镌在上面,就未可等闲视之。那失主一定看得很重啊!想着,就向里中穿出,往云飞路走去。

正走到一所住宅的前面,忽见有一黑影一晃,原来有人从篱笆上爬出来了。暗想这个人好端端地不走大门,却从篱笆上爬出,莫非是个贼么?便急急奔上前去,但是还未走到,那人已到了地上,快要逃走。他忙举起电筒,远远地向那人面上一照,吓得那人拔足就跑。可是那副尊容,已被他瞧得清清楚楚了。

胡闲也就不去追赶,暗笑道:"原来这厮又施展手段了!今天且让他快活一夜,明天再讲吧!我也有点瞌睡起来,懒得去管这种闲事咧!"即匆匆回寓,纳头便睡。

第二天早上,胡闲还高卧未起,忽听得皮老虎在房外口中呜呜地嚷着,似和他的家中人在那里做什么手势。

胡闲知道大概是有什么生意上门了,皮老虎前来通报咧!忙披衣爬了起来,走到房外一问,果然是的。忙一面教皮老虎去安住那个主顾,一面匆匆洗盥起来。

既毕,即走至外面,只见乃是一个二十一二岁的女子,很有几分姿色,打扮也颇入时,坐在那里等着,颇露出焦躁不宁的神气,一见胡闲出来,便问道:"先生可是胡大侦探么?"

胡闲把头点点道:"在下就是胡闲!女士有何贵干?怎么这个大年头上,就会光顾啊?"

那女子听了,脸上倒不觉一红道:"我是有事来求先生的,我是失去一件很紧要的东西……"

胡闲不等她说完,就笑着说道:"莫非是失去一枚约指么?"

那女子立刻露出一种惊诧的神气道:"是的!先生怎会知道?"

胡闲不即置答,仍接着说道:"而且这是一枚金质的约指,上面镌有'宝珍'两个字,女士昨晚曾打逢吉里中经过,大概就在那个时候失去的。女士,我说得对不对啊?"

那女子一听这几句话,惊得几乎要喊了出来,便说道:"不错!我果然失去这么一枚约指,昨晚也果然曾打逢吉里走过。至于是不是在那里失去的,我却不得而知了。"说到这里,脸上忽又无缘无故地红了起来,接着道:"咦?是的,我记起来了,大概是在那个时候失去的。但是先生何以知道得这么详细?莫非是位活神仙么?"说着,望着胡闲,像对他十分倾心似的。

胡闲笑道:"天下哪里有活神仙?我也不过昨晚打那里经过,偶然拾得这么一枚约指罢了!"

这话一说,那女子一半露着欣喜的样子,一半却又爽然如有所失,似把先前对于他那种信仰之心,完全铲去了。

胡闲也不去管伊,便从身边拿出那枚约指,递给伊道:"这既是女士的,请物归原主吧!"

那女子忙谢了一声,就把来套在指上。

胡闲在旁瞧着,又说道:"我瞧这枚约指很是合指,并不嫌大,好好儿地决不会落下来。昨晚大概有人硬要握着女士的手,挣扎的当儿,不觉落了下来吧!"

那女子红着脸答道:"先生的推测很是近情。"说完,又道谢了一声,逃也似的,逃出去了。

那女子去了不久,又有一个人走了进来,却是一个家丁模样的人。

胡闲向他望了一望,也不等他开口,先说道:"你不是在云飞路陆宅当差的么?我走过那里的时候,常常瞧见你的。你们那里,昨晚十二点钟左右的时候,不是失了窃么?失去的,不是都是些金银细软①么?这不要紧,这是著名的剧贼'燕子飞'偷的,你去报告警署,教他们捉拿'燕子飞'就是了。"

那家丁听了,倒弄得莫名其妙起来,心想天下哪有这样厉害的侦探?人家还没有把案情告诉他,他早已源源本本知道了,并一口咬定是什么人做的,这比拆字②先生还要凶,就是从前大少爷讲给我听的那个福尔摩斯,也没有他这种本领咧!莫不是他在那里同我开玩笑么?便笑嘻嘻地望着他的面孔,一动也不动。

胡闲正色说道:"我并不同你开玩笑!这都是真话,你快点去报警

---

① 细软:指轻便而易于携带的贵重物品。
② 拆字:旧时的一种迷信活动,也称破字、相字、测字,以汉字加减笔画,拆开偏旁或打乱字体结构,加以附会,以推算吉凶。

吧！这种剧贼，要去拿他，早一刻好一刻咧！"

那家丁这才知他说的是实话，忙谢了一声，跑了出去。

胡闲却兀自暗笑道："这件案子，如果传扬出去，人家定把我胡闲，要视若神明了。谁知我也偶然巧遇，说来真是惭愧啊！"

这天下午，又先后来了两个主顾：

一个唤王君宜，住在钧益里五号，是失去了五岁的一个女孩子根新，把状貌及所穿的衣服，都详详细细告诉了胡闲，教他代为访寻的。

一个唤沈芙生，据说他昨天拜年回去的时候，途经少华旅馆，仿佛见他妻子同着一个人，手挽手地从里面走了出来。等到赶去，他们已跳上汽车走了。慌忙回到家去，他妻子却好好儿在家中，但是他总有点疑惑，所以今天来找胡闲，并把他妻子一张照给胡闲瞧，教他瞧清面目，好去访个明白。一有消息，就打电话通知他。

这两件事，胡闲都一口答应下来，等那二人走后，胡闲私自忖度道："这女孩子失去，又没有一定地点，要在这茫茫人海中去访寻，那是很不易着手的，不如从缓再设法吧！至于沈芙生那位夫人，要访查伊规矩不规矩，那倒不难，并且少华旅馆中的账房及茶房①，和自己都

---

① 茶房：旧时在茶馆、旅馆、车船、剧场等公共场所供应茶水及做杂务的工人。

很熟的，探访起来，更易为力，不如就去走一遭吧！如果弄得凑巧起来，他们今天仍到那里去幽会，那更撞在我的手中了。"主意想定，就向少华旅馆行去。

谁知到了那里一问，昨天果有这么两个人到来，但是从前从没来过，看来他们怕人知道，常在那里换地方的，今天一定更是无望的了，不免垂头丧气地走了出来。

刚刚到了门口，忽见一个三十多岁的男子，挽着一个四五岁的女孩子，也要走出门去。那女孩子哭哭啼啼的，只是不肯走。

胡闲见了，不由自主地，心中就是一动，就把那女孩子细细一瞧，只见伊圆圆的一张小面孔，上面有几点细白麻子，穿了一件粉红色华丝葛①的旗袍，暗想王君宜失去的那个根新，不是说也刚刚只有五岁么？不是说也生得圆圆一张脸儿，上有几点白麻子么？不是说也穿了一件粉红色华丝葛旗袍么？倒和这女孩子，般般都是同的。虽说这样的年岁、这样的状貌、这样的衣服，外间相同的也很多很多，不见得就是那根新，但是在我们侦探手中，一个机会也不肯把它放去的，不如去冒叫伊一声吧，便对着女孩子叫道："根新，你怎么在这里？你父亲正在四处托人找你呢！"

---

① 华丝葛：一种提花丝织品，质地细而薄，多用做夹衣料。

那女孩子听了，立刻止了啼声，奔了过来。

那个中年人，本来有点心虚，一见这个情形，以为那女孩子的亲人寻了来了，忙头也不回，飞也似的逃了出去。

胡闲这才知道自己的猜想不错，这个女孩子，果就是他所欲寻觅的那个王根新，颇喜不自胜，也就不去追赶那人，便叫了一乘车子，把伊送了回去。

那王君宜自然欢喜得了不得，对于他，真是感而又感，谢之又谢咧！

胡闲从王家出来，经过一家汽车行时，见有一男一女在那里叫汽车。听他们说，是到小淞园去的。胡闲暗想新年中坐汽车的人真多，怪不得家家汽车行，到了新年，总是利市三倍咧！

正在这个当儿，那女子却回过脸来，正和胡闲打个照面。胡闲心中就不觉扑扑地跳了几跳。原来这个女子的面貌，竟和沈芙生夫人的那张照差不多。这不是沈芙生的夫人是谁啊？一壁暗自欢喜道："真是凑巧得很，又无意中被我撞着了。好在我已知道了他们的去处，我就打个电话去通知沈芙生吧！"便离去他们，匆匆来到一家茶楼，打了一个电话给沈芙生，自己就泡了一碗茶等着。

不多一会，沈芙生来了。胡闲把这件事情告诉了他，二人立刻赶到小淞园去。沈芙生夫人，同着那个男子，果然已先到了，正肩并肩地一同走着。

沈芙生一见，果是他的夫人，就同着昨日所见的那个男子，早已怒不可遏，也就不管三七二十一，立刻奔上前去，一把将那男子拉住道："好淫棍！你好！你好！竟敢公然勾引良家妇女么？"

那男子却声色也不变，冷笑说道："这是什么话？我和伊是朋友，难道不能同在一起游玩么？你要知道，如今世界已文明了，男女社交公开，如果没有什么暧昧的行为，无论何人干涉不来的。你到底是什么人？敢来横加干涉啊？"

那沈芙生的夫人初见他丈夫到来，倒有点腼腆之色，一听这番话，立刻又胆壮起来，也横眉鼓眼地望着他，似乎也要问这句话。这么一来，把沈芙生气得什么似的，一句话也回答不来了。

胡闲却不慌不忙地走了过来，笑着说道："你这番话初听去很是有理，但是你要知道，伊是有夫之妇，他就是伊的丈夫，有权可以干涉得的。这个'勾引良家妇女'的罪名，你无论如何，逃走不了咧！并且你如果嫌这个罪名太轻，我倒又想起一件事情来了。李奎昌先生，去年平江路张家那桩恐吓信的案子，不是你干的么？我那时费了许多工夫，把来调查得明明白白，正想前来拿你，却被你用了一个诡计，脱身而去。如今你可再逃走不来，而且我已得到许多强有力的证据，你到了法庭，一定也狡辩不来咧！"

那人一听此话,脸色登时变了,想要兔脱①时,早被胡闲一把捉住,就扭交巡警,解送法庭而去。

那沈芙生也一声不响,把他夫人带回家去了。

胡闲回到家中的时候,暗地得意得了不得,心想:"我从前是没一次不失败的,如今一交新年,却大不相同了,一日之间,人家托我四桩案子,我却破了五桩,并且一点心思也不用,都是自己撞在我手中的。一个人运气来的时候,真是拦都拦不住啊!我们中国人,素来最迷信运命一说的,大概我胡闲今年也转了运了。这个如果是真的,那今年是甲子年,也是一花甲之开始,我大概要交六十年好运吧!从此以后,你们诸位,定也刮目相看。须知今年的胡闲,已非吴下阿蒙②了!呵呵!"

苕狂道:"今年的胡闲先生,大交其运,生涯好得了不得,也无暇自己记他的案子了,所以由我代他记下来吧!以后大概要援以为例咧!"

---

① 兔脱:谓如兔之突围逃走,喻迅速逸去。
② 吴下阿蒙:指三国时期吴国名将吕蒙,后用以讥讽缺少学识、文才者。

胡闲探案

谁不知道，胡闲是中国最著名的一位"失败大侦探"，凡是他所经手的案件，不但是十件之中，倒有九件是失败了的，简直是十件之中，竟是十件都失败了的。然而也有一个奇迹：不论在哪一年中，总有一桩人家所不能破的案子，却为他所破的。

再像如某一年，人家委托他四桩案子，他却给人家破了五桩，这更是奇之又奇，也可说是例外之又例外的了。

因此之故，他虽老是这么地失败，老是有人去请教他，生涯并不因之而寂寞。而且，在一般成功的侦探们，一生所破的奇案，委实是太多了，所以人家倒并不清楚，究竟哪几桩案子是他们所破的；独有他是失败的案子多，而成功的案子少，人们反把他这成功的几件案子，牢牢记在心上，因之他的声名反得鹊噪了！

只是一桩任他是怎样地成功，怎样地获得盛誉，人家仍众口一词地，称他是"失败大侦探"，这是我也代他抱屈的。

至于讲到他的资格，可真不含糊，二十多年前便已出道，即是名传遐迩，誉遍春申的霍桑大侦探，恐也不见得真是早过于他吧？

我和他的关系，正同华生之于福尔摩斯，早年他所失败的几桩案子，都是我代他记了下来的。正因都是失败的案子，鼓不起人们的兴趣，因之我的名儿，便也随之湮没而不彰！试一瞧老友小青这么地以《霍桑探案》活跃于文坛，真使我惭愧煞了！

但话又得说回来，倘使我们这位胡闲大侦探，声誉竟是隆隆地直上，而不遭到一点蹉跎，那么这记录之责，一定要属之文坛上较为有名的那几位，哪里还会归我这"蹩脚货"来担任呢？

如此说来，我能为他记录这些案子，还可说是大幸呢！

八一三①后，我那只长饭碗已是打破了，又见外面别的书业并不风行，只有侦探小说书倒是十分地"吃香"。我不免见猎心喜，颇想重为冯妇②，也写它几本来，换上几个钱。因此，我于一天的上午，便欣欣然向我老友那边走去了。

我们自八一三后，并没有见过面，他忽见我突然地走去，自然非

---

① 八一三事变，是指 1937 年 8 月 13 日抗日战争初期继七七事变以后，日本帝国主义蓄意已久的为扩大侵华战争而在中国上海制造的事变。
② 重为冯妇，表示人又重操旧业；冯妇，古男子名，善搏虎。

常表示欢迎。他本是斜倚在沙发上的,如今竟很高兴地跳了起来,和我殷勤握着手了。

但我是知道他的习惯的,每当有人委托了他什么案子,或是打出案的地点查勘了一遍归来,必得斜靠在沙发上,冥思默索上好半晌,以定进行的方针。如照现状瞧来,一定又有什么要案在手了!

因之,我忙又拉他坐下道:"老友!你别对我如此地客气,更别因我的到来,而打断了你的思路。而且,我瞧你的神情,不是觉得有点累了么?"

"我刚从外面回来,确是有点累了。但一见到了你,精神上非常地兴奋,竟是什么都不觉得了。"他笑着回答。

我对于这温渥而挚厚的友谊,除了向他恳切致谢之外,还能说得什么话?

他却又向沙发上一倚,含笑向我问道:"老友!你可知道我常常地闹失败,究竟是为了什么?他们那一班人常常地能成功,又究竟是为了什么?"

我嗫嚅着还没有回答,他又笑道:"这是一言而可以解决的,只为他们都是一群笨伯①,而我却是一个天才家!"

---

① 笨伯:本讥讽人肥胖,行动不敏捷,后泛称愚笨者。

他竟是这般地抬高着自己，称誉着自己，我还是从而誉之呢，还是正言规之呢？一时倒不知所适从了。

他早又说下去道："唯其是一群笨伯，所以总在那些手印、脚迹之上加之意，或者也能找出一点线索来，于是他们竟能成功了！唯其我是一个天才家，殊不屑于这些，有时竟会找不出一点线索，于是我便也常常地失败了……但是，不相干。天下的案子，并不总是仗了手印或足迹等，而就可解决了的，有时也需要一点天才。只待需要一个天才家的时候，就是我的好机会到了！"

正说着，他那唯一的助手"地哑"皮老虎，口中"哑哑哑"地走了进来，这表示着有一位主顾到来了。

胡闲向他做了一个惯熟的手势，皮老虎立即退出，比及第二次走进室中，早把那位主顾请进来了。

在此忽发现了使我称奇的一件事情，不知在什么时候，胡闲已把一枝雪茄噙在口中了。我不觉得暗暗地好笑：他非但是素来不吸烟，每见侦探小说中老是说到"这位大侦探噙烟在口"，他必得大发议论，以为太是中了西洋侦探小说之毒了！

其实吸烟不吸烟，与探案又有什么关系，为什么定要把它记载下来呢？如今他自己也噙烟在口，莫非也染了时风，竟把旧有的习惯改了去了？只是一桩：吸烟也有一定的姿势，他却一点儿也不合法，教人一见就知他是不会吸烟的，不免更是好笑。

再瞧进来那位主顾时，年纪已是快近五十，愁眉锁眼的，知道他定已遭到了什么不幸的事情了，谁知我们这位大侦探真是妙，只向他略略端相了几眼之后，也不待对方开得什么口即向他询问道："先生！你大概是苏州人。你不是走失了一位千金么？这位千金小姐，年纪约在二十左右，生了圆圆的一张脸蛋儿，鼻上约有几点雀斑，左颊上还有一颗小小的痣，门前的两个牙齿已是拔去了，却装上了金牙齿。讲到装束，更是摩登得紧，在一件豹皮大衣之内，衬了一件小花点的红绸夹衫……"

这位主顾一壁静静地听他说，一壁已遮掩不住他那惊异的神情，好似解不出这理由来的至是，突然向他问上一句道："先生，你不是胡闲大侦探么？我此来，乃是以一件案子委托先生的，并不是……我倘然要这个的话，早上胡鉴光那里，不上你先生这里来了！所以，先生，请你别和我这么地开玩笑！"

胡闲正色道："谁和你开玩笑？我只问你，我所说这些话，究竟对也不对？"

"件件都对，桩桩都对！"

"既是都对，还有什么话说？那么，先生，我有一个极不幸而极悲惨的消息报告你：你这位千金小姐已是不在此世，而为人家所杀害的了！现在已给他们车送验尸所，准于下午二时检验，你如果马上赶了去，或者还能赶上这一个时候！"

这话一说，不但是那位主顾，连得我都非常惊异起来：他怎么会知道这些情形？照此看来，他并不是在替人家探案，简直是在拆字或圆光①了！

再瞧那位主顾时，好似已是发了疯的，先是像石像一般地呆立着，一语儿都不发，接着突然地一个向后转，径向门边走了去。

胡闲忙又把他叫住道："先生，你尊姓大名，你千金的芳名又唤什么？"

"我叫沈石农，我的女儿唤慧娟。"他匆匆说后，即把门一推，走出去了。

胡闲方才也立起，走至书案之前，把一个电话打了出去道："你是陆家花园么？我是胡闲。这死者的姓名已是探听得了，她叫沈慧娟，她的父亲叫石农，他们果然是苏州人。"

他重在沙发上倚下以后，又欣慰似的叹上一声道："真是幸运之至，两件案子竟在一个时候都已明白了！"

他随又对我一说这细情，原来：这陆家花园是一个私人的花园，平日却是开放着，任人进去游观的，一天忽发现一个女人，已经杀害在园中僻处，自然也要负着相当的一点干系，所以也请起侦探来了。

---

① 圆光：旧时江湖术士利用迷信心理骗人财物的一种方法，用镜或白纸施以咒语，令童子视之，谓其上能现诸象，可知失物所在，或预测吉凶、祸福。

他刚才方从那边验看了回来,不料这沈石农恰恰地走来,竟给他一语道破了!

讲到案情,简单之至,真的不值一笑!但为何一见沈石农,就能知道他是慧娟的父亲呢?这是很可惊异的,因把这一层意思询问他。

他笑道:"你不知道我具有一种特别的本领么?我能于一个人的形神之间,断定他或她是什么地方人;又能由这个人的面貌,瞧到那个人的面貌,知道他们是否有亲属的关系!至于为什么能这样,却是只可意会,而不可言传的!我去到陆家花园,能一见死者之面,就断定她是苏州人。后来见到沈石农,又能断定他是死者的父亲,就仗着这一种神奇的本领!"

"如此说来,你真不愧是一位天才大侦探了!他们那班只知研究手印或足迹的,真要望尘莫及,甘拜下风的了!"我不免出自衷心的,把他大大地恭维上一番。

他是失败惯了的,今日难得如此地成功,又经不住我在一旁恭维着,真把他乐得心花都怒放了!便硬拉着我和他一起喝酒。我们且喝且谈,这一顿酒直喝至下午三四句钟方停止。

刚把残肴剩酒收了去,那个沈石农却又闯进来了,只见他那两个眼睛,已哭得似胡桃一般的肿,坐下之后,便道:"先生,你真是神明之至,躺在那边验尸所中的,果然就是我那苦命的女儿!只是死者已矣,也不必再去说它,还是和她复仇要紧,最好赶快找得这个凶手!

大侦探，你也能帮我这个忙么？"

这缉凶也是当侦探的一种天职，胡闲自然马上就答允了，便请他把通讯处写下，以便得有什么消息，随时可以向他报告。

当沈石农刚写出他的住处是花园街××号时，在胡闲的眼中，突然露出一道异光，即向沈石农询问道："你府上的屋子，不是四无居邻，恰恰对着对面的那座花园，屋前不是还有一片草地么？这屋子中，不是除了你们一家之外，并没有别的人家么？而你先生除了这位千金之外，不是并没有别个千金，也没有什么侄女或甥女等等居在尊府么？"

"是的，是的……"沈石农只是很惊异地回答。

胡闲又道："那么，我再问你，你那千金，可有没有什么男友？如果有的，在这男友中，可有一个年纪约在二十三四岁，长长的个子，生了一张马脸？最特别的，还生着一个挺大的鼻子……"

沈石农不待他再把这人形容下去，忙叫了起来道："有的，有的，这是我的表侄王孔扬！"

胡闲方又冷冷地说："如此，你快去报告警署，他便是凶手！"

沈石农为了有前面的一件事，早把他当作神人看待！所以一听这话，并不当他是在和自己开玩笑，只又向胡闲瞧了一眼，竟连道谢都来不及，即飞快地走了出去，大概真是报告警署去了！

我对于这一层，不免也视为非常神奇了，忙问他果何由而知此，他却笑而不答。

数日后我又上他那里去，他十分得意地对我说："我所测的果然不误，这凶手确是扬，已给警署拘去，立刻吐了口供了。"

我便又问他："你又没有去调查一下，怎会一口就咬定他是凶手的？"

他耸着肩儿微笑道："其实也是凑巧之至！约在几天之前，我正打花园街经过，恰恰见这凶手从那个屋子中走出，好似发了神经病的，口中喃喃地在说着，细一听去，无非为了一个女子的负心，将要甘心于她的话！这虽是情场失败者常有的事，也只口中说说而已，不见得就会实行！但待这凶案既出，并知死者就住在这所屋子中，他又和死者以戚谊而兼友谊，自然便一口断定是他了！"

这样神奇的一件探案，想不到说出它所以破案的理由来，竟又是那么地平凡，我不禁为之爽然了。

胡闲似乎也懂得我的意思，忙向我告慰道："你也不必扫兴！化朽腐为神奇，全仗你的妙笔了！你不要像我所说的这般率直，不妨略略曲折些。如果高兴的话，尽可把什么手印、足迹等等加了进去，怕不也与什么《霍桑探案》一样地吃香么？"

我听了也只笑笑，却又问道："你不是最恨吸烟的？那一天为什么也吸起烟来？"

他笑道："这完全是为你起见，使你将来写起我来时，更可增加几分的资劳①了!"

我想不到他竟是如此地善于诙谐,也不由狂笑起来了。

---

① 资劳:资格和功劳。

狭窄的世界

提起胡闲,我总得老大地给他叫屈,为什么总是这般地不走运,给人家众口一声地称他为"失败的侦探"?

他究竟是哪一桩及不上人家呢?讲到牌子吧,他也算得是很老很老的,当霍桑未露头角时,他早已出马了,纵不能在霍桑面前称前辈,总可说得是同时出道的。

还有关于侦探方面的学识,虽不能说是如何地丰富,然一部《洗冤录》,他却是读了又读的;此外,如指印研究哟,足印的研究哟,弹痕的辨别哟,轮迹的辨别哟,凡属于西洋侦探学术范围之内的,他也无不一一加以研读,以之应付一切寻常的案件,大概也就绰有余裕吧!

至于他的头脑也是好极,很富于推想力,不论出了一件什么案子,他在这案情方面,总能立时就把这正反面都推想到,决不会有一些些的遗漏的!

可是,他的不走运是事实,他所承办的案子十桩中有九桩失败也是事实,这又是为了什么?

这一天,我又带了给他叫屈的这一种心情,到他白克路的事务所中去了,很希望能给我见到他办得很顺手的一桩案子,既可使我快一下心,也可给他争回一点已失去的名誉!

胡闲是素来不吸烟的,谁知今天他却怡然自得的,拿起了一只烟斗在吸着板烟①咧。

"怎么,你也学习时髦,居然吸起烟来了?"我见到不觉有些奇怪。

"华生!这是完全为你起见咧!"胡闲微笑说。

"这句话怎么讲?"我倒不懂了。

"你不是常说,西洋侦探小说所以能传神阿堵②,全得力于那烟斗之上么?我如今勉学时髦,无非使你满意罢了!如此,你他日给我记起任何探案来,不更可加倍有力,而我一得此烟斗之助,或也可从此一帆风顺,不再遭到失败吧!"胡闲仍是笑微微的。

但他虽是满面笑容,我却知道他是在发着牢骚呢!这也难怪,这一再的失败,不免使他变成这个样子,失意而能不牢骚者,在这世界之上又有几人啊!可是,仍得给他大大叫屈的,他在这吸烟的上面又

---

① 板烟:压制成块状或片状的烟丝。
② 阿堵:六朝及唐人常用的指称词,相当于"这"或"这个"。

遭到失败了！因为他那吸烟的姿势却一点儿都不边式①，然我可不便给他说穿。

正在此际，给他看门的那个哑子皮老虎，一路"哑哑"地作着声音，并一边打着手势，把一位女客引进来了。让那女客在客位上坐下后，皮老虎也就自去。

这位女客，据她自己说是姓徐，约莫已有四十多岁了，虽是徐娘半老，却是风韵犹存，打扮得也颇时髦。据我默默推测，当她妙龄时节，大概也是纵横一时的一位风云人物吧？她既来到这里，当然是要以什么案子委托胡闲的。

可是，胡闲并不向她询问案情，只向她脸上约略打量上一回后，即带笑问："徐太太！你不是走失了一个女儿，要托我给你找寻么？"

"是的，她走失了已有三天了！"徐太太见自己没有将案情说出，胡闲已能一猜而知，自觉得有点诧异。

"她大约二十一二岁，一张瓜子脸，鼻子高高的，嘴却并不怎么小，右面颊上有一颗小小的黑痣，耳朵上戴着钻石耳坠……"胡闲又背书似的说下去。

"是的，你说得一点都不错！"徐太太不等他说完，又忙不迭地说，

---

① 边式：这里指动作潇洒利落。

狭窄的世界 | 061

神情上更透露着诧异了。

"她大概是个舞女吧？身上穿了一件湖色地纹大红花的绸顾袍，外面披上深奶油色的春季大衣，足上蹬了一双最新式的黑色玻璃皮鞋，挟着黑色的玻璃皮箧，照这一路行头看来，真再时髦也没有了！"胡闲又一本正经地往下说去。

可是，为了他一项项说得太对了，徐太太在十分诧异之下，不免倒又有点疑惑起来，而且，她这一分的疑惑却是达到了最高峰，几乎要把胡闲的身份都予以取消了！

只听她向着胡闲这么问："先生！请你海涵，我有一句不该问的话，莫不是我走错了地方了？"

"我不懂这句话！"这时候倒换了胡闲在诧异了。

"其实也没有别的意思，我只觉得像你这么的行径，并不像一位侦探，倒像是什么相面先生或测字先生，所以要疑心是走错了地方了！"她老老实实地说了出来。

她这一说不打紧，却害得静坐一旁的这一个我，几乎忍不住了要笑将出来，暗想不错啊！今天的胡闲确是改变了样子，好像在给人家相面或测字了！同时却又在惊异他的推断力之强，竟能一桩桩、一件件说得如此之对，正不知他是凭了什么一种方法的！

"你并没有走错地方，我便是侦探胡闲咧！只是我所用的方式和寻常一般侦探不同罢了！"胡闲却一点儿都不笑，仍很正经地说了出来。

"那么，胡先生！你能将她找寻到来么？"徐太太听说他确是一位侦探，倒又非常信任起来了。

"这不必找寻得的！你只消走到南京西路华山路口，转弯一直走去，到了对街的一座大洋房前，进去一问，就可得到她的消息。如果弄得好，或者还可和她会上一面的！"胡闲又故作神奇的，竟向她这么说了出来。——这真有点像似测字或相面的派路呢！

在这里，为了太是神奇了，不觉把徐太太刚刚萌生的一点信任之心推翻，又有点疑惑起来了："胡先生！真的么？不是和我开玩笑么？"

"胡先生素来说一是一，不喜欢同人家开玩笑，你尽管依照这番说话，放心前去便了！"我虽也有点半信半疑的，然喉咙却觉得有点儿痒，不免漏出这几句话来，壮上她一下胆。

于是，徐太太立起身来，向我们点了点头，把屁股一扭一扭地，走出了去。

直到她走出了那扇玻璃门，胡闲方把视线收回，不禁喟然叹道："人间悲剧正多，这也是其中之一啊！"

"究是怎么一回事？我真有点莫名其土地堂了！"我可实在熬不住了！

"老友！你且别问，停会自能知道！现在闲着无事，我们还是饮酒吧！"胡闲却是卖足关子。

在饮酒的中间，胡闲又喟然叹道："倘然我的推测是不错的，她停会儿还得啼啼哭哭地走来咧！"

胡闲果然料事如神，在我们的一顿酒刚吃完，正在闲谈之际，她又把门一推，突然闯了进来。她除了已把两个眼睛哭肿之外，直至此刻还抽噎不止。

"胡先生！你真个犹同一位神仙了！而神仙总是喜欢游戏三昧的，所以你不把警察局向我说明，只说是一座大洋房，我却一点儿都不怨怪你！我在那里，探知昨天晚上，他们在辖境内的一个荒地上，发现了一个已死的女人，却是给人家用小刀将她戳死的，果然和我女儿翠英的状貌相似，现在他们已将这尸体车送验尸所了。我忙又赶到验尸所中一看时，天吓！不是我那可怜的翠英又是什么人呢？"她说到这里时，不觉又大哭起来。

"人死不能复生，哭泣也是没用，还是赶快缉拿凶手，替她报仇要紧呢！"我十分同情地说。

"是的！关于缉凶一事，却须得胡大侦探给我们动上一下脑筋呢！"她几乎要跪下地去行起大礼来。

"别如此！"胡闲倒有些着慌了。

我却在暗忖着：别怪我们这位胡大侦探要在着慌咧，像这么一件不可捉摸的无头案，一时要探明凶手是谁，确不是一件容易事，恐怕不能像刚才那么地便当吧！

谁知，胡闲所以着慌，并非为了要请他缉拿凶手，却是为了徐太太要向他下跪；所以，等到徐太太自地下爬起后，他又从容自若了。

只听他说："这一点都不必动脑筋！这凶手的去处我已知道，你尽去找着他就是了！就算我猜测有误，他并非凶手，但找到了他，一定和本案很有裨益的！"

"真的么？那么他是谁？又住在什么地方呢？"徐太太忙不迭地问。

"他唤陆子富……"

"哦！是陆子富么？他是做投机生意的，现在已发了一点小财了！我是完全知道他！"徐太太不等胡闲说完，抢着在说，"不错！你的猜测颇有点近情，我准定就去找寻他！"她一说完此话，便又匆匆走了。

这一来，却把我呆在一旁，又做了第二次的阿木林[①]！

不料，她去了不到一句钟，仍又哭哭啼啼地回来了！而且，瞧这情形，似乎比刚才一次还不好，后面又跟来了一位警士，像似押了她来的样子。

"胡先生！你这一次却'失匹'[②]了！我一走到陆家，恰值他们那里也出了一桩人命案子，陆子富的妻子给人家打死了！我这么的无端

---

① 阿木林：方言，傻瓜，呆子。
② 失匹：亦作"失撇"，失算。

撞了去，还疑心我是和案中有关的，就把我扣留起来。我忙把情形一说，说是你着我去的。那里的一位凌局长，方始着这位警察先生押我到你这里来，要瞧瞧是不是实在的情形。现在请你赶快就给我证明一下吧！"徐太太慌慌张张地对了胡闲说。

接着，那位警士也走上前来，向胡闲说了一番，语意完全相同。

胡闲当即向他证明，徐太太所言句句是实，然后又向那警士问道："同志！不过那边的案情究是怎样的？你也能对我说一说么？"

那警士在略一思索之后，也就将这案情述说出来，却也是根据着陆子富的口头报告。原来：陆子富也是一位夜游神①，每日天明始归，所以，在今天上午九句钟的时候还在高卧咧。睡梦中，忽听得他的妻子大着喉咙呼叫一声，像似遭到什么意外的！惊得他忙起来一瞧时，却见他的妻子已倒在地上。同时又见到一个黑衣人，已经破窗而出，从小弄中狂逸而去。他知道已是追赶不及，忙又过来瞧瞧他的妻子，却已是给打死了！这行凶的铁棍还遗留在尸体旁。这根铁棍，原是陆子富所有，防有什么歹徒入室，可以用来抵挡一下的，不料却给凶徒利用去了！正当行凶之时，一个车夫刚刚上公厕登坑②去了，一个

---

① 夜游神：讥称喜欢在晚上活动的人，亦称为"夜游子"。
② 登坑：蹲茅坑。

娘姨①上小菜场未回,所以不知道这凶徒从何自而入,大概是忘记把后门关上吧。

胡闲听完了这一番陈述,静静地想了一想,便向那警士问道:"凌局长如今还在陆家么?"

"是的,正等候着我的报告,叫我马上就打一个电话去呢。"这是警士的回答。

当警士在电话中报告完,胡闲却把凌局长叫住,说道:"你是凌局长么?我是胡闲。这案情我已听得述说了,中间疑窦甚多。你现在且向打破的那扇窗子外瞧瞧,可有不有蜘蛛网?如有,赶快告诉我,我有话对你说。"

"真奇怪,你怎么会知道的,确是有一个很大的蜘蛛网,正当着窗外而结。"凌局长走去瞧看了一下,即在电话中告诉了胡闲。

"如此,凶手准定就是陆子富!你赶快向他鞠问,着他吐供便了!"胡闲十分肯定地对着凌局长说。

这一来,不但把徐太太和那警士惊坏,连得我都发了呆了:今天的胡闲,确和往日不同,究是凭着什么,竟能如此地有决断呢?

然而,这还不算什么,更使我们惊诧不止的,不到一刻儿,凌局

---

① 娘姨:方言,旧时称女用人。

长又打电话来,向着胡闲千谢万谢,说是陆子富已是吐了供了,却是为了口角,正在气恼之下,一铁棍把他妻子打死的!刚才所述说的那件案情,全由临时妆点而成。至于那扇玻璃窗,当然也是由他自己故意打破的!

"本来呢,他的那番案情陈述,漏洞未免太多了!而且,他这个人也确是太无脑筋,竟不曾想到那个蜘蛛网,如果换了是我的话,一定还得把这窗外的蜘蛛网也一并除了去,方使人家相信确是有人破窗而出呢!"胡闲不禁悠然地说。

接着,胡闲却托凌局长再把陆子富盘问一下,舞女徐翠英是否也由他谋害的?陆子富竭力否认,并说哪有这回事,我正和她恩爱无比,将她窃藏在某处已有三天了!

这时候那警士已奉命撤回,只剩下徐太太一个人了,不觉又哭哭啼啼地向着胡闲说:"胡先生!你刚才给我上的这个大当,且不必再说起!现在你总得可怜我,赶快亲自出马,给我探究出这个凶手啊!"

"不相干!我也同医生用药一般,总带点试探的性质,既是陆子富不对路,准就是林阿金这个家伙了!"胡闲仍是不慌不忙的。

"是林阿金这个小子么?我准得就去找着他!唉!阿陆同他这二个冤鬼,同我家翠英真是前世一劫,她虽是对他们笑眯眯,我却见了就是头痛呢!任他们说得如何天花乱坠,我宁愿把翠英配给叫花子,却不愿配给他们之中任何一个的!"徐太太说完此话,又匆匆走了。

"唉！好愚蠢的老妇人，时代已是变异，难道还不知道么？你家翠英的一条小性命，就葬送在你这'不配不配'之上了！"胡闲不禁喟然兴叹。

不多一会，徐太太打了一个电话来，说是她把林阿金扭往警局中，现在已是吐了供了，翠英确是给他用小刀戳死！动机却是由于争风，实因陆子富现在已是比他有钱，他们间已不能保持从前那均等的局面，翠英一心一意要嫁给子富，别说把他抛弃了，便把家庭抛弃也在所不恤呢！

哈哈！我一句谎都不说，以上的这二件连环命案，就是这么很容易地便破了！而且，尤其是难能可贵的，胡闲只在从容谈笑之间，就接连破了这二件重大的案子，并连身子都没有站起来一下呢！因为这电话机也是装在桌上的。

我在这里，真把他佩服到五体投地了，不禁竖起了一个大拇指，连连向他夸赞道："真了不得！像你这般的探案，真合了'指挥若定'四个字，直为侦探界开一新纪元，别说是霍桑了，便连福尔摩斯恐也要甘拜下风吧！"

"别瞎恭维了！不挨骂就得咧！"胡闲像似受不惯这称赞的样子，"其实，这只是很复杂的一个社会问题：为了财，为了色，再为了气，就有不少的纠纷可以引起了。"

"不过,三日不见,便当刮目相看!你现在探案的手段,确是高明到了无比,使我有莫测高深之感。如今想要向你一步步地请教,你见了徐太太,为何便能猜到她要托你找寻女儿?并何以既能把翠英的去处向她说知,还把她的状貌衣装说得如此详细?不是我深知你的,还疑心你是兼擅六壬①神课呢!"我说。

"这事情很是简单,只因我觉得徐太太的面貌和徐翠英相似得很厉害,并在这天早上,偶受汪探长之招,曾到出事地点去,把这遇害的徐翠英,约略看过一番呢。"胡闲微笑说。

我听了,不觉有点爽然。

"关于这第二步,我如何会猜凶手是陆子富,我不妨也把这动机告诉你吧,那是有一天到一家照相馆中去,却见二个男子和一个女人在同拍一张照,那二个男人是恶形恶状,那一个女人却是浪声浪气,不免引起我的注意。因而向人家一打听,便知道了他们的底细,而这个女人正是徐翠英!及闻翠英被害,知道与此二人定有关系,所以先把陆子富来一试。"胡闲又坦然地说。

这一来,我更是爽然了;对于崇拜他的热度不觉已减退了一半。

---

① 六壬:中国古代术数的一种,认为五行(水、火、木、金、土)以水为首,十天干中,壬、癸皆属水,壬为阳水,癸为阴水,舍阴取阳,故名壬。六十甲子中,壬有六个(壬申、壬午、壬辰、壬寅、壬子、壬戌),故名"六壬"。六壬共有七百二十课,一般总括为六十四种课体,用以占卜吉凶祸福。

"那么，这第三步，关于那蜘蛛网的一节，总是有点根据了吧？"我仍是不肯失望的，怀着十二分的热忱问。

"这更是无所谓了！我只是记得某篇侦探小说中有上这么的一节，觉得和此案情形很是相同，所以姑且问上一声的！"胡闲也在大笑了。

至是，我不但是失望，实在是"茄门"① 已极，也顾不得礼貌了，不觉大声地说："关于第四步，当然更是无所谓而无所谓了！你自己也说过，既是陆子富不对路，且再把林阿金来试试吧！"

然而，胡闲究不失为聪明人，对于我这失望的情形，又何尝不知道，默然半晌之后，又不觉含笑对我说："华生老友！如何崇拜我固不必，但对我太失望也不宜，虽在你只是出于'爱之深不免期之切'之一念，煞是令人可感！须知任何惊奇动人的探案，全由小说家的笔底妆点而成，如果拆穿了西洋镜说，都是平淡得不值一笑的！如今我的探案，都是由你秉笔记载，只消你放出手腕，给我着意渲染一番，还怕人家不把我捧得有同天神一般么？"

"你这话一点儿都不错！"我不觉又是释然了，但又说，"只有一点，总使我引为遗憾的，这世界未免太是狭窄了，怎能凡是都遭逢得如此凑巧呢？"

---

① 茄门：对某人表示厌恶、冷淡，对某种事不感兴趣。

"这不是世界太狭窄,实在是我胡闲偶然的幸运!唉!华生老友,我已失败得太是可怜了,你难道不希望我竟也有扬眉吐气的一天么?"胡闲脸上虽在微笑着,但似乎又要大发牢骚了。

鲁平的胜利

一　白圭微玷

为了穷忙的缘故,已和胡闲久不见面了。这一天忽然又想起了他,因此偷了半日闲,前去访问他一次。

"老友!我猜你决不会把我永久遗忘了的,今天果然来了!"胡闲是十分热情的人,一见我走入他白克路的事务所中,竟欢喜得从椅中直跳起来,慌忙赶过来和我握着手。

可是,他的秉性是那么的古怪,一待我在他对面的一张沙发中坐下后,只是把炯炯双目,在我浑身上下打量着,却又不言不语了。

"这是为了什么?难道我已是改了往日的样子,竟劳你这般地注视啊!"我在疑诧之中,免不了向他请问一声。

"老友!不是的!我正想把你好好地观察一下呢!"胡闲只带着微笑说。

《鲁平的胜利》连载版插图(之一)

"那么,你这观察的结果又是怎样的呢?"

"当然,这不是毫无收获的!"胡闲带着很卖老的神气,"我知道你那位尊夫人这两天大概是回娘家去了,你今天却是在陆曼莉家中吃的西餐,饭后她却驾了那辆一一二九号的小'别尔卡'①送你到这里来,你说我估料得对不对?"

"三日不见,便当刮目相看!想不到你的观察力好到这般,具有如此神妙莫测的一种本领,何不改挂一块'善相天下士'的牌子,不是比你现在所吃的这碗私家侦探饭,要强得多了么?"

"如此说来,我所估料的这几项,居然没有'豁边'②么?"豁边是很通行的一句上海话,当胡闲说时,他那一副神情,真是得意到了极点了。

"没有豁边,"我忙应了一句,"不过,你究竟凭了什么方法,而能估料得如此精确呢?"

"倘然是别个人,我可要卖一下关子了!但如今在你这位老朋友的面前,却不能不从实说来!哈!你且听着吧!我知道你是不大会打领结的,每天总由尊夫人给你代打着,为了己是熟手的缘故,却是打得非常边式,在这上面,我们一般熟朋友每是艳羡不置的!但观你今

---

① 别尔卡:美国别克(BUICK)汽车公司生产的轿车。
② 豁边:方言,错误。

鲁平的胜利 | 075

天的领结,却是打得松松的,一点儿都不好看,显见得是你自己所打,而你这位尊夫人大概已是回娘家去了!但为什么不猜她或是有点小恙呢?这因为久知你们伉俪情深,如果尊夫人抱有清恙的话,你怎么会有心情前来访我呢?"胡闲很起劲说了出来。

"说得确是有理!但以下的几项,你又从何而估得?"

"你且莫忙,我自会一件件给你说清楚的!你和陆曼莉的那一种交情,又是谁不知道,尊夫人既是回了娘家,你少却一种管束,怎还会不到她那里去走上一趟呢?曼莉最喜吃西餐,在她家附近便有上她熟识的一家小西餐馆,每逢朋友上她家中去,总是着令送上几客西餐来,这也足为她好客的一证!如今我瞧得你上装的左袖上,沾得了一点比芝麻还小的辣酱油渍,其迹看去很新,还是刚刚沾上的,所以知道你已在她那里进过西餐了。再近日的电车甚为拥挤,你倘是坐电车来的,一定要有上曾挣扎过一番的情形,你却是心定神爽,因此又知道必是曼莉驾了那辆一一二九号的小'别尔卡'送你来的呢!"胡闲又说。

"但就算估定我不是坐电车来的,我或是坐三轮车而来,也是说不定,你怎么又不这般猜料呢?"

"哈哈!我的老朋友,恕我直言!目今三轮车价如此之贵,像你这么一位做人家朋友,怎能舍得去坐呢?"胡闲在笑了。

"照此而言，简直骂我是个刮皮①鬼，只有电车和白车可坐了！"我的一张脸不禁有点红红的。

"坐白车也得有资格，何况是坐陆曼莉的白车，更非具有艳福不可呢！"胡闲竟是和我打足哈哈，随又往下说，"不过，你能舍去了这位美人儿，不同去上茶舞②，而来访问我这个蹩脚朋友，使我非常感激的。"

"好了！别多说了！我对你，真佩服到五体投地！只是在这全局中，尚有一点猜得不大对，不能不算是白圭微玷呢！"我直至最后，方给他一个小小反攻。

失败惯了的胡闲，不免又目瞪口呆，生怕又来上一个变局呢！

二　惊鸿一瞥

我见了胡闲那沮丧之状，倒又不忍起来了，忙道："其实，你所猜错的，只为无关紧要的一点，乃是我的妻子系由我姨妹接了去，并不

---

① 刮皮：方言，吝啬，小气。
② 茶舞：在午茶时间从事跳舞的活动。

是回娘家呢！"

这话一说，胡闲方又颜色如常了，不禁笑道："这是我说得太为肯定了！只要略略变换一个方法说，不是就可毫无毛病了么？"

正在此际，他写字台上的电话，忽然铃铃地响起来，胡闲忙接了过来一听，只"唔""唔"地应着，随又把听筒放下，笑着向我说："有生意经到来了，你今天横竖闲着无事，也高兴同我前去走上一遭么？"

"上哪里去？"我问。

"大丰制药厂，刚才就是他们的老板沈老头子打给我的，说是有事相商，在厂中立等我去。"胡闲匆匆回答。

"唔！沈老头子，他的名字不是叫'有仁'么？我听说他在这几年中，很发了一点财！"我说。

胡闲把头点点，即同我一起从事务所中走出，到了门外，雇了一辆三轮车，径向大丰制药厂而去。

"华生！我知道你素来对于侦探案件是最有兴趣的，同时也是颇有心得。现在我可要把你考问一下，你可能猜得到，沈老头子今天究为了什么事请我去？"在车行的时候，胡闲忽然望了我一眼微笑说。

"这倒是一个难题呢！"我不免把头搔搔，"照我想，大概是和他本身无关，只是厂中失窃了些什么东西，否则，他为什么要在厂中等候你呢？"

"华生！你的思考力可说是好到无比，我准得给你一百分……"胡闲又含笑说。

我和他虽是交称莫逆，可是平日大家却是杠惯了的，如今见他竟是极口子赞许，大概确是猜得不错吧？不觉面露得意之色。

"可是，为了你对于他那里的情形不大熟悉，颇有使这一百分的足分，又立时变为鸭蛋分的可能呢！"好狡猾的胡闲，忽又跟着来上这一个转笔，"你不知道，他在厂中接见我，并不能说定是为着厂中之事，而与他本身绝对无关。"胡闲剖解得颇为明白。

我听了这话，脸上不觉略略一呆，知道为了不熟悉这情形，确是有点"失匹"了。

"二则，更是怪不得你，你没有听得刚才沈老头子在电话中的声音，他这想和我商量的问题，显然是超出于一切财产之上，而和他本身有上绝大的关系的！"胡闲又说。

"那么，照你猜想起来，他此次请你去，究竟为了什么事情呢？"

"据我看，这问题十有八九是发生在他那位年轻的妻子的身上，出走呢，卷逃呢，二者之中必居其一；再不然……"胡闲略一踌躇说。

"怎么说，他这么一个老头儿，还有一个年轻的妻子么？"我不等他说完，抢着问。

"他的那位继室夫人，不但是十分年轻，还是十分美貌的呢！"胡闲回答这话后,又往下说,"大概是去年的春天吧,断弦①了快要十载的沈老头儿,忽然又有续弦之喜了!他的那位继室经妙琴,要比他小上三十多岁,简直做他的孙女儿都可以!据大家看来,年龄这般地悬殊,这头婚姻实在是不相配的!他也知道这个情形,因此常常对人家说:'不相干!我有的是钱,可以使她要什么,有什么,享受得十分富丽,凭了这一点,大概也可把这年龄上的缺憾弥补了么?'但照我想,这只是他的一种理想,不见得真能如此的吧!"

"不错!爱情这件东西,决非金钱所能买得的,而老夫少妻,其结果每每不能如何地美满,据此二者而言,你刚才的那个推测,或者很有几分近情的呢!"我不免十分同情地说。

这时候,三轮车已是到了大丰制药厂门前,也即驱车直入,只见厂地宽大,厂屋宏敞,确是合上"规模宏大"四个字。刚刚到得里边,忽又经人传言,沈厂主在住宅中等候着我们,因又折向东首,在一宅大洋房前停下。

正欲从石阶上拾级而登时,忽见在走廊上立着一个有二十多岁的少妇,打扮得很是入时,但一见我们到来,即翩然入屋而去。

可是,这虽是惊鸿一瞥,我和胡闲不期互相看了一眼,各露惊讶

---

① 古时以琴瑟比喻夫妻,故称"丧妻"为"断弦","再娶"为"续弦"。

《鲁平的胜利》连载版插图(之二)

之色，像似互相在说道："这少妇倘然便是那位继室夫人的话，刚才关于她出走或是卷逃的那个推测，不又要归于失败了么？"

三　细述案情

沈有仁虽已有六十多岁了，然仍露着很精壮的样子，大概身体很健吧。当我和胡闲走入他的会客室中时，他举起看去并不昏花的两个眼睛，向我们灼灼然注视着。

"我是胡闲，这位是黄华生，我们是常在一起探案的。"胡闲恐他见是二个人走去而生疑，便向他这般介绍着。

我们略一寒暄后，也就围着一张小圆桌坐下。只听沈有仁放低喉音说道："我今天请胡先生到来，却是为了关于贱内的事情呢！"

胡闲一听这话，不免很得意地向我一望，似乎在说：你瞧，我的猜料如何，不是准对准对么？一边也就很大胆地而又很肯定地问上一句："尊夫人莫非为了负气而出走么？"

沈老头儿乍听好似一呆，然立刻便又神色如常了，微笑说："胡先生猜得不错，这也可说得是出走！不过，究是不是真个出走，我可还有点儿疑惑，须待胡先生的决定！"

"如此说来,你还没有把这件事报告警察局了?"胡闲问。

"这种事以不张扬为妙,所以暂不报局,想和胡先生研究一下后再定办法。想胡先生料事如神,久负盛名,一定马上就可得到一个决定,不致使我失望吧!"沈老头儿回答着。

"那么,究是怎样的一个经过呢?"胡闲像似听不惯人家的称赞,受不惯人家的恭维。

"唉!这都要怪我自己不好,在已过了十年的鳏鱼①生活后,忽又死灰复燃,续起弦来了!胡先生!你对于我过去婚姻方面的情形,或者已有点知道,不必再由我自己说了吧?"沈老头儿叹息着说。

胡闲把头点点,表示一切他都知道。

"唉!老夫少妻,终不是好结合,不久我便已知道这情形,然已后悔无及了!因为任我是如何地向她讨好,她终是一个不满意,久而久之,竟是常常勃豀②起来了!"沈老头儿又继续向下说。

"那么,这一次又是怎样的呢?"对于那些无关紧要的说话,胡闲像似不愿多听得。

"昨天,又为了一点小事,彼此口角了几句,然形势并不严重,一会儿就平息了,因此并不在意。谁知今天早上,并不见她出房来,着

---

① 鳏鱼:喻无妻独居的成年男子。
② 勃豀:家人彼此争吵。

《鲁平的胜利》连载版插图(之三)

女佣到她房中去一瞧看,却已是失了踪。忙又打电话到常常走动的几家亲友处去查问,都回答她没有来过。我不觉着了急,因此只有请你胡先生到来之一法了!"沈老头儿又把这情形约略一说。

"那么,可有什么贵重东西给她带走?"这是卷逃案中必然有的情形,所以胡闲不得不问。

"这倒尚未细细查过,然照大致看来,除了随身的饰物以外,并未带走其他东西。不过,单就她这一身饰物算来,已是所值不赀,便是指上所戴那枚五克拉的钻石戒指,就要值到几亿万元以上呢!"沈老头儿又向他回答。

"沈老板!你刚才说是着女佣到房中去瞧看,莫不是尊夫人的贴身女佣么?她对于尊夫人的情形,或者要比你知道得更详细,可否唤她到这里来,容我问她几句话?"胡闲说。

沈老头儿只略一踌躇,即按铃呼人,便有一个仆人走入。沈老头儿即着他去把李妈唤来。不一刻,却有打扮得很为入时的一个少妇走入。细一瞧时,即是我们到来时站在走廊中的那一个。难道这便是李妈么?未免时髦一点吧!而沈老头儿这个人真是古怪,娶上一个美丽的少妇作继室不算,连得女佣都要雇十分漂亮的!本案的发生,或者就在这个上面吧?——胡闲似乎也有上这么的一个感想,就在此际,竟和我不约而同地交换上一下眼光。

"李妈!"只听沈老头儿这么唤上一声。

四　太漂亮了

　　胡闲的为人，颇带点矛盾性，有时候马虎得厉害，有时候却又十分精明，如今在这讯问李妈之下，却又见得他是非常精明的了！

　　只见他两目炯炯注视着她，一开口便这么地问："李妈！当老爷刚才差你到卧室中去瞧看太太时，你一见太太不在室中，就已决定她是失踪了么？"

　　"那倒并不如此，因为她有时候也到屋后小园中去散步一会的，因此我一见她不在卧室中，便又到小园中去瞧瞧，并顺便到厂中去看一下，谁知都没有见到她，方知她已离开这个屋子了。"李妈似乎回答得极为留心。

　　"那么，照你看来，她有上哪个亲友家中去，或是上街买物的可能么？"胡闲更是注视着她，眼睛都不曾霎一霎。

　　"我早对你说过，常去的几个亲友处，都打电话问过她都不曾去过，至买物一说，或有可能，所以我不即报局，请先生来研究一下，也就为了这个原因呢。"沈老头子忽抢着回答。

　　"不！往日太太不论上哪里去，总是把去处告诉我的，像这样不声

《鲁平的胜利》连载版插图(之四)

不响的，却还是第一次！而且，就是上街买物，也该早早回来了，不会在外面逗留得如此之久的！"李妈却不以为然。

在这时候，我颇想搀言一句，近来吉普卡撞死人的事件，常常有得听到，你能保得她不会在路上遭到意外么？

但我还没有说出口，却听胡闲在说道："此外，只有路上遇险的这一条路线了！这且不去管它！我要问你，听说你们老爷与太太昨天曾口角过，你可听得没有，也知道是为了什么原因？"

"没有听得！"李妈把头摇摇说。

"那么，你昨晚可听得有什么异样的声音从太太的卧室中传出来，或是曾见到太太有什么异样的举动？"胡闲又问。但李妈仍是把头摇摇。

"嘿！你既是她的贴身女侍，怎么问到你，竟一样都不知道？莫非有意如此么？"胡闲不免发话了。

"先生！你有所不知！太太的脾气很为古怪，不许人家走入她的卧室中去，所以，不听到她按铃呼人，我是不敢进去的！"李妈又详细说明这理由。

"哦！原来如此，但有一件事你总该知道得很明白，不能再向我虚言搪塞的了！"胡闲露着微笑。

"什么事？"李妈忙问。

"你听着，昨天晚上，太太是不是睡在卧室中呢？"

在这里，李妈不觉略露惊慌之状了，终于，亦把当时的情形细为道出：当她去太太卧室瞧看时，把手指在门上轻弹几下，却不见太太在内答应，随手把门球一捩动，门却已是开了。走入看时，却见衾枕未经整理，洗脸水也未倒去，人已不在室中，显见得起来未久即匆匆离去的呢。

"如此说来，至少有一点已可决定，她在昨晚却是睡在室中的。"胡闲听了不觉很得意地说。

此下，他又问了李妈好多话，在这里，却又给他知道了几种事：

（一）沈有仁夫妇系异室而居；

（二）经妙琴身世孤零，并没有娘家；

（三）就算是出走的话，却没有什么书信遗留下。

"好！现在你可请便吧，我没有什么话问你了！"胡闲随把李妈打发去。

"现在你可要传别个仆人来讯问么？"

"不必吧，我想你一定已把他们都问过，他们却回答你不曾见太太走出门去呢，是不是？"胡闲说到这里，忽又紧注沈有仁之脸问，"但雇用这个李妈在屋中，究是你的意思，还是尊夫人的意思呢？"

"你为什么要问这句话？"沈有仁似乎很窘的样子。

"其实也没有别的，我只觉这个李妈太漂亮了！"

于是，沈有仁的老脸上，顿时泛出猪肝似的颜色来。

五　你来了么

沈有仁到底是一个老脚色①，便是发窘也只为暂时的事，立刻又神色如常了，即给胡闲回答出这情形，说是他的夫人便有上一种怪脾气，女佣以年轻而漂亮者为合格，这个李妈，还是她亲自上荐头②店去拣选了来的，在她当时确是很为得意呢。

"不过，照我想来，这一种的得意，恐怕不能继续得如何长久吧？立刻她忽又感觉到自己失算了。"好神秘的胡闲，只是自己喃喃地在说着。

可是，沈有仁的两耳并没有聋，怎么会不听到，不自觉地把他猪肝色的一张脸，又再度地涨红了，一会儿，又把脸色一正说："胡先生！请你千万不要疑心到这个上面去！李妈长得漂亮不漂亮，实与本案丝毫没有关系的！"

"我也未尝不知道这情形！不过，有一点你总得承认，尊夫人确是喜欢漂亮的女佣，但对于这所谓漂亮也者，也有一定的限度，而像李

---

① 脚色：特指某种人物，有时亦含贬义。
② 荐头：旧时以介绍佣工为业的人。

妈的这种漂亮,却已是超出了她限度以上了!"胡闲又含笑说。

照说,这是侦探案情,应得正正经经的,想不到胡闲说话竟是这般地幽默,倒引得沈老头儿也为之破颜一笑了。在这一笑之中,不啻已是承认着胡闲的这几句话。

胡闲瞧到之后,自是十分高兴,不觉也很得意地向我一笑,意思像似在说,华生!你瞧吧!我猜料得对不对?其中一切的细情,不也就可不言而喻吧。

"沈老板!我们现在可以暂时得到一个假定了,尊夫人已是不在这屋中。不过,我颇想到她的卧室中去瞧一下,或者可以获得一些什么线索,不知你也赞成不赞成?"胡闲又对沈有仁说。

"这是该得去瞧瞧的。好!请你们二位就跟我走吧。"沈有仁当然不会不赞成,即在前面引着路。

据沈有仁说,他自己的卧室,即在会客室对面的那一间,而他夫人经妙琴的卧室,却在二层楼上。所以我们又从甬道中走出,循着扶梯直向楼上走去。

在行走时,胡闲又闲闲地问道:"如此说来,沈老板倒是十足的外国派,夫妇竟是异室而居呢!但要请你原谅我,我有一句不应问的话,难道在你们新婚燕尔之际也是这般的吧?这未免太不便当了。"

这句话不打紧,却使沈老头儿又老嫩起来,竟是其窘无比!半晌,方回答着说:"这倒也不如此,在新婚中却也是同居一室的!大约过了

《鲁平的胜利》连载版插图(之五)

两个月，在双方同意之下，我便搬到楼下来了！胡先生！你要知道，一个人老了，什么都感不到兴趣，又何必定要同居一室呢？"

"这句话我却不以为然！"胡闲又喃喃地说，忽又紧接着问一句，"那么，李妈的卧室又在哪里呢？"

"唔！你问她么？"沈有仁好似万不防他会紧接着问上这么一句话的，"她的卧室却在三层楼上。这是我妻子的主张，因为装好了一只叫人铃，直通至李妈的卧室中，如有呼唤，将铃一按，便可前来，在事实上一点都不会感到不方便！"

这时候，胡闲正和我并排着一起走，忽向我耳畔悄悄地说了几句话，倒使我几乎要笑出声来！原来，他是这么地在说："照这样说，这不是三角恋爱，却是三层恋爱呢！"

同时，我觉得胡闲太是会开玩笑了，怎么老是在和人家打着哈哈呢！不过，这也是他特具的一种作风，他以为，侦探案情，究嫌太沉闷了，不论在什么地方，总得略带幽默，方足以资调剂！像那位不脱英国绅士之风的大侦探福尔摩斯，本领固是不凡，可惜正经得怪厉害，使人感觉到太是像煞有介事！倒不如那位神出鬼没、嬉皮笑脸的法国侠盗亚森·罗苹①，反能合人家的胃口些！

---

① 亚森·罗苹（Arsène Lupin）：法国侦探作家莫里斯·勒布朗（Maurice Leblanc，1864—1941）笔下著名的侠盗形象，也常译作"亚森·罗平""亚森·罗宾"。

此际早已来到经妙琴的卧室之前了，沈有仁即揿动门球，推门而入，我们也就跟在后面。

"你来了么？"忽然有很尖锐的一个声音，突然地传入我们的耳鼓中。

这是出于不防的，惊得我和胡闲几乎直跳起来！还疑心是经妙琴躲在那里，故意和我们开着玩笑！

六　架上鹦鹉

可是，吃惊耽吓，也只是暂时的事，不到一会儿后，我们早又明白过来了：这并不是经妙琴，也不是什么旁的人，躲在那个地方，故意欲把我们骇上一骇，只是一头鹦鹉，站立在一个白铜架上，一见我们到来，巧啭妙舌，叫出这一声"你来了么"，作为欢迎之词罢了！

在这里，我和胡闲不禁相视而笑，觉得我们也太不中用了，为了这小东西无端的一声叫，刚才竟自会小吃一惊的呢！

"好可恶的小畜生！竟使二位惊上一惊了！"沈有仁似也已觉察到这情形，"把这东西挂在屋中，我原是不大赞成的！"

"这不是尊夫人所饲养的一头心爱之物么？已养上了多少日子了？"

《鲁平的胜利》连载版插图(之六)

胡闲问。

"这头鹦鹉原是别人家所饲养,已是调教得好好的,内人见它好玩,因向他们乞取了来,即在自己的卧室中挂着,这也有好几个月了。"沈有仁回答得很详细。

"'你来了么'这句话,大概是尊夫人教给它的么?"胡闲又问。

"大概是的,在最初来的几十天中,好像不曾听得它叫过这四个字呢。"沈有仁想了一想后方回答。

"那么,不论什么人走入这卧室中来,它都得如此地叫着吧?"胡闲不惮烦地再问。

沈有仁把头点点,回答:"是的。"

"很好!现在我已是很明白这情形了!这倒也不失为本事件中很好的一个线索!"胡闲忽然露着深思之状,这么喃喃自语着。

但在我,可真有点莫测高深了,正不知鹦鹉口中的这四个字,究竟和本事件有上什么一种的关系?而这线索又何在?为何我们都瞧不到,只有胡闲能知道这个情形呢?偶向沈有仁一瞧时,也呆着一张脸,似乎正和我有上同样的感想。

可是,我们的这位胡大侦探,他是爽爽快快的一个人,不论遇着什么事情,都得随时从实说出,决不肯像其他著名的大侦探,那么故意地卖关子,因此,早又在一笑之下,继续向下说道:"这也是很明白的一件事,沈夫人当独个儿在卧室中时,一定时常在写点什么东西,所以,要把这鹦鹉权充上一名门卫,如遇有什么人闯入室中时,就会预先向她通报,不致使人窥见她的秘密呢!沈老板!我这也猜得对不对?"

"胡先生!你犹同一位活神仙,正猜得再对也没有了!"沈有仁露着十分佩服的神气,"内人确是在靠窗的书桌上,常常在写上一点什么东西的,我有时间偶然推进门来,她只闻得鹦鹉的一声叫,就忙不迭地把所写的东西藏了去,形状颇为鬼祟呢!"

胡闲听了,只微微一笑,也就在室中巡行着,细细察视起来。可是,不知为了什么,在他神情的方面,已是大大变易,没有先前这般得高兴了!

只见他把梳妆台的抽屉拉开,向着里面瞧了一瞧,即把眉儿紧紧一皱,又把这抽屉关上了。再打开衣橱来,朝橱内望上一望,又是深深一皱眉头,忙把橱门关上。此后竟是瞧到一样东西,就得皱上一次眉儿!像他这么一位乐观派,长日间开着笑口,有同弥勒佛一般,今天竟会大皱其眉,确使人有点不相信了!

不过,这决不是无病而呻,却又可不言而喻。但我虽是这般怀疑着,却不便向他询问得原因。因为如果可以公开的话,他早就把这原因宣布出来,正用不着我向他请问呢!于是,我的两个眉峰,不觉也是大蹙而特蹙了。

"呀!这是什么东西?"胡闲忽然握着放在书桌上的一头玩物——

蜡制的小洋狗，这样呼叫起来。同时，又像变戏法的，向这小洋狗的颈项上取下一枚钥匙来。

"枕头！枕头！"不料就在此际，这头顽皮的鹦鹉，也很作怪地又在呼叫着。

七　枕中秘密

胡闲不愧是一位大侦探，的确具有侦探的天才，不但是听觉比较常人来得锐敏，就是视觉也是超人一等的；他一听到鹦鹉口中"枕头"这二个字，一双锐利的眼睛，便立刻向一张铜床上扫了去，只见在一条雪白的褥单之上，放着一个红漆的广东枕头，红白相衬，色彩倒是十分鲜明。

"华生！在这么富丽的一张床上，和这些温暖的被褥合得淘来的，应该是一对野鸭绒的枕头，至少也得是一只，如今却把这广东枕头来代替其位置，确是值得引起人们的注意！无怪这头可爱的鹦鹉，要向我作上如此的一个提示了！"胡闲正不失为趣人，在这百忙之中，还会好整以暇地向我如此说了来。

可是，他的行动并不因此而受到什么阻碍，在这谈笑之际，早已三脚两步地向床边走了去，拿起了那个广东枕头，向它细细注视了。

"难道这枕头上还安有什么机关的，竟劳你这般地注视着？"我不免好奇地向他询问着，一半还含有打趣他的意味。

"这还待问，在如此的一个情形之下，在这枕头上哪里还会不安有什么机关的？"胡闲却是一副正经的面孔，"你瞧，这里不是有一个小孔么？不，这不是小孔，却是锁窦，哈哈！果然是有机关的，机关便在这里了！"

并不是我要恭维我这位老友，他的行动确是来得快，他的脑筋也是来得灵，只待说完此话以后，就把刚才从小洋狗身上所取得的那一个钥匙，向这锁窦中投了去，果然是一投即合，把这机括捩动，竟像瓯甬等处所用的那种开门箱一般，把这箱子打开了。接着又在一伸手间，便从这枕中取出一大叠的书信出来。

这一来，不但是我觉得十分奇怪；便是静立一旁，像似在瞧看玩把戏的那个沈老头儿，也诧异到了极点了，连忙走了过来，把这些信略略一翻看，立时露着很难乎为情的样子道："呀！这都是一些情书！"随又转为愤懑之状："嘿！可恶的妇人！想不到你还如此得下贱，竟给我在暗暗中戴上了一顶绿帽子，我一点都不知道呢！"

胡闲忙向他劝慰着，叫他不要如此气恼；因为时代已是不同了，一般有夫之妇，交结上几个男朋友，并有书信往来，实际算不了什么一回事，而与名节方面也毫无所损的！所以这和绿帽子不绿帽子的这

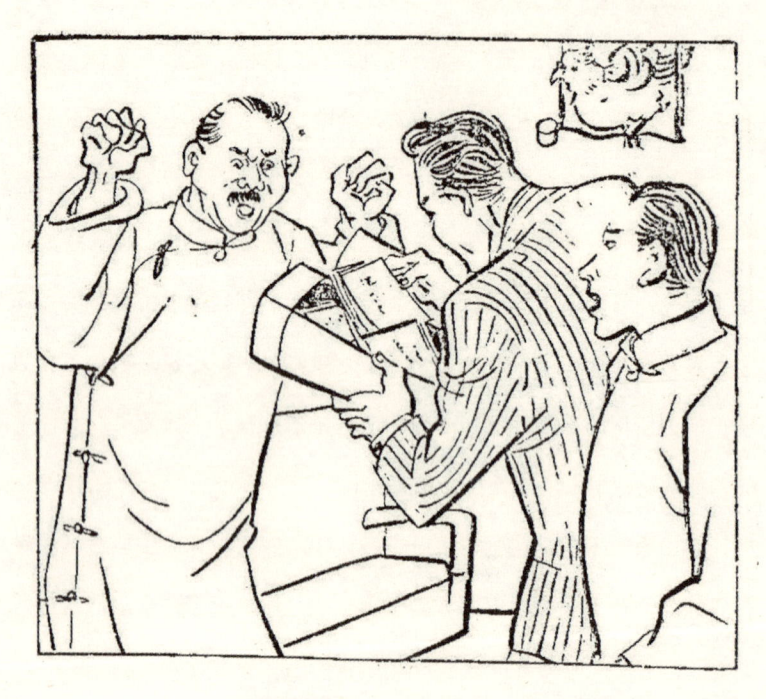

《鲁平的胜利》连载版插图(之七)

些话头,根本不能连缀在一起呢!

最后,他又含笑说道:"沈老板!你尽可不必如此地动气!须知如今的一般小伙子们,写起书信来总是十分的热烈,你不能单凭书面上的一些话语,就断定他们间确是有了私情呢!"

"不过,事实胜于雄辩;如今既已是失了踪,此非私奔而何?不就证实了她确是和人家有上私情了么?"沈老头儿又十分愤懑地说。

真的,事实胜于雄辩,在这句话之下,胡闲纵具仪秦之辩,也是无可说得的了。半响,方道:"那么,你能不能把这些书信交给我,让我去阅看一下。倘然真有私情的事,不难在此中找得一些线索,或者就可探得尊夫人的下落了!"

"倘是有裨益于案情的,你尽可把这些携了去。不过,还得给我好好保存着,预料我和她将来的结果,总逃不了离婚的这一条路,有了这点凭据在手边,或者可少费一番口舌吧!"沈老头儿又向胡闲嘱咐着。

于是,关于这卧室中的检视,也就至此告一结束,我们便也一起走出室来。

谁知,这头鹦鹉真是可爱,又在后面唱着道:"再会!再会!"

"哈哈!你这小东西真太知礼了!刚才是恭迎如仪,如今又来个恭送如仪呢?"胡闲不觉回过头去,投以很温和的眼光。

八　一封短简

我和胡闲辞了沈老头儿，从大丰制药厂走了出来，坐了三轮车，回来了。

在途中的时候，我忽又想起刚才胡闲不住皱着眉头的这一回事，便向他问："请你不要笑我是笨伯，刚才对于你的一个举动，我确是有点不解呢！"

"是怎么一回事？莫不是为了我的连皱眉头么？"胡闲真是聪明，竟一猜给他猜着了。

我听了，不觉含笑把头点点。

"这因为，这案中的情形虽并不如何复杂，却太为矛盾了，又安得使我不大皱眉头而特皱眉头？你瞧，此案照表面看来，实是非常的简单，仅为夫妇失和，愤而出走的一幕趣剧而已！只为了再加添一个李妈于其间，更加上一些桃色的成分，便成为三角恋爱的一个局面！可是，她既是蓄意出走，多少总得携带一些东西去！但当我在室中检视的结果，却见各式各样的衣服，竟是在衣箱中放满着，帽子也有不少顶藏放在帽匣中，皮鞋与绣花鞋二项并计起来，更不下有一打之多！

还有长筒袜子更不计其数！而在梳妆台的抽屉中，复发现了许许多多的装饰品！最使人不可解的，连得一只首饰匣都没有携了去，内中正不知藏着多少件贵重值钱的首饰呢！这不是太为矛盾吗？"胡闲给我把这情形，详详细细地说了来。

"这或者是为了她走得太匆促一点，所以不论什么东西都不及携带了吧？"我说。

"不！照我看来，并不致匆促到如此，她尽可随心所欲，而把一切应用的东西多带上一点的；至少的限度：总得把那只首饰匣随身带了去，而决不会也遗留了下来的！"胡闲又把头摇摇说。

"照此看来，她或者只是暂时出走，打算不久仍要回来吧？"我只能如此地猜测着。

"倘然她是如此打算的，就该留下一张条子了，不会如此不声不响的。"胡闲又把我的理论推翻。

"那么，我可推想不出了！你可有什么高明的意见？"我不免要向他请教。

他只是静默着，却也说不出什么来，半晌，方道："不过，自从这枕中的情书一发现，便什么都不成问题了！我们只要依此路线走去，决不致会使我们失望！至少可说，在没有找得其他线索以前，这是目下唯一可走的一条路！"

这时车子已到了白克路，我便让胡闲走下车去，我却仍坐了这辆车子，回归我的寓所，因为我已出来了大半天，很觉得有些累，很想回去休息一下呢！而且，就案情方面说来，我就留在胡闲的身旁，也没有什么可为胡闲之助的！

"你明天倘没有什么事情，可仍到我这儿来，这案情或者已可获有什么发展了。"胡闲当下车时，却是这么向我嘱咐着，我把头微微点了点。

我原是自由身体，高兴时，就多写一点作品，不高兴时，却尽可终日嬉戏，如今为了这件案子，早把我的兴趣引起，不觉全神悉注于其上，再也无心于写作。所以，次日一进早餐以后，就又连忙赶到白克路胡闲的寓所中去，亟欲瞧瞧本案已否有上什么进展。

当我走入室中时，胡闲正在阅看一封书信呢，一见我的到临，即把那封书信递给我，又笑吟吟地说："你瞧，这不知是什么人同我玩笑，竟寄来了这么的一封书信呢！"

"竟有人同你开玩笑么？"我随口应了，即接了过来阅读着。

胡闲却静待于旁，直待我把这短简读完，方又问上一句："你的意见怎样？"

哈哈，我现在且把短简照录在下面，以待诸位的玩索：

胡闲先生：

经妙琴失踪案，请勿依照寻常的方法着手，否则徒劳无益，恐入迷途！特此忠告。

文白

九　今天的第一个节目

"照你想来，这署名文者，究是怎样一个人？他写这封信来又是具有如何一个用意呢？"我瞧了这短简，不觉这样问胡闲。

"这尚不能有具体的答复。不过，我今天到那边去，瞧情形厂中也很有几个人知道，或者并还知究是为了何事而去，那么，或有好事之徒，故意写封信来，和我开个玩笑，也算不得什么稀奇呢！"瞧样子，胡闲似乎不把这封短简当作如何一回事。

"不过，照我想，在这短简中，至少有一点你得绝对注意，他为什么不提别件事，却只关照你不可依照平常之方法着手呢？"我忙向他提示一下。

"他的开我玩笑即在此！你想，这只是很平常的一件失踪案，整个上海在一天中，像这样的失踪案正不知要发生多少桩，他却叫我不要依循平常所采用的方法，而须出之以特别的手法，这不是无理取闹么？"胡闲说到这里，似乎生了气的，"不！我偏得按部就班地，按照平常所采用的那些方法做了去,看它会不会误入歧途?"

当下,胡闲又把这短简取回,随手向着书案上一放,似已将它告一结束,不愿再究下去了。然后又从抽屉中取出一张照片来,即是那经妙琴的照片,而是昨天我们从厂中走出之时,由沈有仁交给他的。他却好整以暇之至,竟拉了我同坐在沙发上,细细对着这张照片,眼儿长得媚不媚,鼻儿生得高不高,眉是如何,口是怎样,像似正在上海小姐选举会的评判席上,一样样的,都好好地品评着。

"你看,这位沈夫人如和李妈并在一起,究竟是谁长得美丽一些,我倒要一闻高论,同时并瞧瞧你的眼光是如何?"真有趣,他在最后更是这般地说了。

"依我看,还是李妈长得美丽些,不过,就在一切化妆方面,略略带点土气,不及这位沈夫人漂亮,所以,不免要看低一点了!"我是直抒所见。

"好眼力!这真可谓英雄所见,大略相同了!"胡闲哈哈大笑,得意之至,忽又向我说,"现在,你才该明白,沈夫人所以要雇用李妈,究是怎样一个意思了?"

"这大概是要把李妈当作自己的替身,免得沈老儿再向她纠缠不清罢了!"我最初并没有想到这一层,经不得胡闲如此一问,倒又使我恍然大悟,便也说了出来,自又引得哈哈大笑。

"好了!现在闲话少说,我们快干正事吧!华生老友!我要向你报告的,我们今天第一个节目,乃是去拜访本市电影大明星三和生。"

啊呀!这三和生,实是本市最光辉、最灿烂的一位大明星,我们为什么要去拜访他?难道与这件失踪案有关么?我倒不觉呆起来了。最后,方由胡闲给我说明,昨日从那广东枕头中所发现的一束书信,他携来这里之后,已在夜间一封封都读过了,这都是一些男朋友写给她的信,真极尽五花八门之妙,也可见她的交游是何等的广阔啊!不过,在这一般男友之中,颇少知名之士,就是有,只为了他们或是署上一个别名,或只是署上一个字,一时尚难探明究竟是谁。只有这个三和生,却是老老实实地把他的大名在书尾署上,所以,胡闲第一个要去探问的,自也就是他了。

三和生的住址,却是一问就知道的,我们便按址而往,恰恰值他正在家中,倒一点儿架子都不搭,竟是欣然接见。

"我们今天前来惊扰,实是欲求先生助以一臂之力,不知也能蒙慨允否?"胡闲知他是一个忙人,开门见山地就说了这么一句话。

"只要是力所能及,无不唯命是从!"三和生很是四海[①]。

"如此,我要请问一件事,我们如要写信给大丰厂的沈夫人,该写邮政总局几号信箱呢?"胡闲含笑相问。

[①] 四海:喻指人气派大,性情豪爽,交游很广泛。

十　很痛快的一个人

　　三和生为人却是非常的痛快，听了胡闲这一问句，只微笑道："你不是胡闲——胡大侦探么？这是瞧了你给我的那张名片而知道的。你们当侦探的，真可用得上'无事不登三宝殿'这句话，如今既到我这里来，大概是为着大丰厂沈夫人的事情而来，想欲知道我和她之间究有上如何的一种关系，什么信箱不信箱，只是很巧妙的一个鱼饵，引得我来上钩罢了！"

　　什么事都拆穿西洋镜不得，如今给他如此地一拆穿，倒使胡闲窘得不可开交，把一张脸涨得红红的。就在我，也觉得这局势很是带点僵，胡闲这次刚一出马，就又遭到小小的一个失败了！

　　可是，痛快人终究是痛快的，他不待胡闲再说什么，又向下说道："胡大侦探！你既不说什么，大概已承认我这猜测不错吧！那么，我不妨实对你说，我和她之间是谈不到什么关系不关系这些字眼的；只是她对我却是献足了殷勤，不打电话，就有书信，闹得我头脑都痛！这也是我们干电影而略略有点小名声的，所免不了的一种很普遍的苦痛！你也是常在外面走走的，大概总知道这个情形吧？"

　　胡闲只能把头点点，承认他这话说得一点都不错，然后方又问：

"如此说来,你是没有什么可和我说得么?不过,我却有一个不幸的消息告诉你,这位沈夫人已是失踪了!"

"她已是失踪么?"三和生露着很淡漠的神气,似乎对于这个消息一点都刺激他不起的,"这也是意想中事,我知道她迟早必会走上这一条路的!而接下去的一件事情,大概就是请律师和那沈老头儿谈判离婚吧!"他说完此话,不觉哈哈大笑。

"那么,你可知道,她也有很要好的男朋友么?"胡闲又问。

"这倒弄不清楚!因为她的男朋友太多了,而且对人十分热烈,不论和哪个男朋友,看去都是十分要好的!"三和生含笑回答,然后又略略想了想说,"不过,我可指引你一条路,她在未嫁沈老头儿以前,曾在人和小学教过书,你如欲知道她过去的历史,并有没有什么爱人,不妨去问问那位校长去。"

一说到人和小学校长,胡闲倒又高兴起来了,因为在过去,他和这位校长非常莫逆的,如今倘把这件事向他请教,他一定能知无不言,言无不尽吧!当下便向三和生致谢一番,告辞而出。

但在胡闲和我刚要走出时,三和生忽又叫住了我们,把沈夫人在邮政总局所赁用的那口信箱号码告诉了我们,说是据他所知,凡是什么男朋友寄给她的书信,都是投寄这口信箱的。这自又使胡闲对他谢了又谢,同时又把这号码记在手册上。

在我们刚要穿至对街,去乘公共汽车时,忽有一个十二三岁的小童,匆匆走了过来,把一封书信呈递给胡闲道:"你是胡大侦探么?这是一位先生叫我递给你的。"

"那位先生呢?他又在哪里?"胡闲接过此信,只向信面上略看一眼,就向他这样问。

"他把此信递给我,又将你指给我瞧看后,就又跳上公共汽车去了。"这是那小童的回答,也即略一点头,匆匆走去了。

"真奇怪!不知这文究是什么人,为何一再地向我纠缠不清!"胡闲忽向我这么说。

我方知这一封信又是这署名"文"者递来的了,当下也不回答什么,只催胡闲快拆开此信来看。

这封信的内容却是这般:

这在前一封信中,不是叫你别照寻常的方法进行么?但你偏不相信,定要照寻常的方法进行,这是多么的糟糕!——我对你说,你找三和生是不行的!还是找三和土①近情些!哈哈!我很是同情于你,愿和你常常保持接触!

文上

---

① 三和土:"三合土",由石灰、黏土(或碎砖、碎石)和细沙三者混合而成的建筑材料。

十一　另有情人

在胡闲的积极进行下，本案已是大有发展了！第一，在那位小学校长的口中，已得悉了关于经妙琴过去的历史，这至少有一半恐连沈有仁都不曾知道得的！

原来，在经妙琴未嫁沈老头儿以前，如果说得准确些，大概还在她未作交际花以前吧，曾在该校做过教师。同时，有一个男教师陆育才，却是一位翩翩美少年，很是和她说得来。后来他们互相恋爱，究是达到了如何一个程度，外人虽不得而知，但单就表面上看来，他们的那种相亲相爱的情形，大概已超出了寻常友谊之上！就为这，颇为校长所不满，认为恋爱虽是神圣不可侵犯，非他人所得干涉，但同在一校之中，男女教师互恋着，在校风上说来，实是很不相宜的。因此，在这学期终了，经妙琴和那位陆教师，都给校长辞退，不再续约了。

经妙琴一经校中辞退之后，在外面却更活动得厉害了，不久，便成了红得发紫的一位交际名花！最后，沈有仁仗着金多，竟把她娶了去，这是谁都想不到的呢！

不过，据人家说，那个陆育才仍和她藕断丝连着，不论在交际场中，或是在跳舞场中，常常见到他们双双携手偕行啊！

只是问到这陆育才现在是否仍操旧业，抑是另己起行，却不得而知。至于他目下究在什么地方，更是无人知道了。

不过，关于以上这二点，不久就又给他探明了。你道他是如何探明的？你们难道不记得，这三和生曾把经妙琴在邮政总局所赁用的信箱号码，告诉过胡闲么？而在此以前，胡闲曾在那枕头中找得了一个钥匙，他是何等聪明的，在两两相合之下，就知道这定是开启那信箱的钥匙了。

"她在邮政总局租赁有信箱，我原是知道的，如今能有此发现，那是更好了！现在我们唯有依此路线进行，或能更有所获！"他很欢喜地说。

我们到了邮政总局，把这信箱开启了瞧看时，却见有三封信静卧在箱底。而取盖在这信封上面的邮戳一细看，一封却是在她失踪的同一日递到，其他二封却还在失踪之后。照此看来，她是从失踪之日起，即未到邮局去取信的了。同时便又得到一个反证，她从那天起，大概就已离开了上海，否则，她为什么不去取信呢？

在这三封信中，有二封是寻常问候之函，大致与本案无关。可是一瞧到那第三封信，却使胡闲非常起劲起来了！原来，正是那陆育才写给她的。

"为了要使本案得到进展，我可顾不得破坏文明规律，要私拆别人书信了!"胡闲笑嘻嘻地说。

"不但是私拆别人书信,还是私拆情书,更该罪加一等!"我也和他说笑着。

等得把信拆开时,却见这信上是如此地写着:

琴:

在和你已别离了七个月的我,忽闻你有莅临苏州之讯,这是何等得使我欢喜和兴奋,真个是喜而不寐了!

你究于何时启程呢?希望你能越速越好,越快越好!我是伸开了两个臂儿,准备着你跌入我的怀中来!祝您

安好!

你的才

"哈!如今再也无话可说了!她一定已是去到苏州,跌入陆育才的怀抱中安然睡着了!这几天正不知过着如何甜蜜的一种生活呢!"胡闲读了这封信后微笑说。

"那么,你打算怎样呢?"我问。

"欲明了此事的真相,只有到苏州去一趟了!华生老友!你也能和我一同去么?"胡闲说。

"我也颇想到别处去旅行,如今有此机会,可谓一得二便,那是好

极了!"我欣然回答。

"不过,尊夫人不会反对么?我们须打破这一关才好呢!"胡闲忽又向我调侃着。

十二　小白脸变成痨病鬼[①]

我们在火车中,就把陆育才究是怎样一个人,互相猜测上一下了,据猜测下来的结果,他大概是小白脸之流,否则,怎能邀得这位交际花的青眼呢?

谁知,下了火车,依了我们所探得的地址,前往陆育才那里,和陆育才一见面之下,不但是出我们理想之外,还使我们骇上了一大跳!原来这陆育才别说不是小白脸,而脸颊是那样地瘦削,眼眶是那样地深陷,简直竟是一个痨病鬼!

我和胡闲见了这情形,虽不曾笑了起来,但却不约而同地,互相交换了一下眼光,这意思也就可不言而喻了。

---

① 痨病鬼:对结核病患者的蔑称,常用以骂骨瘦如柴有病容的人。

到了屋内坐定之后，胡闲即把自己的身份，向着陆育才一说。陆育才听到之下，脸上不觉略略一呆！

这一呆，却使他的面型更其难看了，接着便又问："哦！你是一位私家侦探么？究竟为了些什么事，竟劳你到我这里来？"

"我是一个私家侦探，和在公门中当差的不同，当然说不上'奉上差遣，概不由己'这些话！然而'无事不登三宝殿'总可说得的吧！"胡闲却是出口诙谐，"老实说，我是为了大丰制药厂的沈有仁夫人来的呢！"

"哦！你是为沈夫人来的么？这倒使我十分地不解了！"陆育才立时露着惊骇无比的样子。

"这没有什么难解的！听说你和沈夫人很为莫逆，如今沈夫人忽尔失了踪，沈厂长却委托了我给他找寻着，那么我倘欲把她找到的话，不上你这里来，却只该上哪里去？"胡闲在从容之中，却显着非常的坦白。

"这更是胡扯了！我和她也没有多大的关系，她如今失了踪，怎可说是在我这里定可找寻到？"陆育才说这话时，不但是十分着急，而且像是非常气愤的。

于是，只见胡闲在微微一笑之下，却从身上掏出一封信来——便是给他在那信箱中找寻得陆育才最近给她的那一封信，即随手递给了陆育才："你瞧，这是什么东西？倘然没有这封信，纵是人言可畏，闹得满城风雨,我们也得考虑考虑,一时三刻间不致就会到你这里来的吧?"他方又笑嘻嘻地说。

"哦!是这个东西!"这是陆育才自己写的信,怎会不知道,所以只一看之下,就又这么地说了,"但这是作不得什么凭证的,纵有一百个她失了踪,也关涉不到我。"

"但是,在我们这里,只要找得一个她就是了!你这信上不是在说,伸着两臂待她投入么?现在我们却想把她从你怀中拉出来,这不是略略有点不情么?"胡闲仍是一味地和他打着哈哈。

这一来,陆育才的一张脸不由涨得通红了,乃力言这只是纸面上的风情,不免写得热烈了些!其实,在他们二人间是并没有多大的关系的!

"那么,她确是没有到这里来过么?"胡闲方把脸色一正说,这样的正经面目,还是他来到这里的第一次。

"她怎么会到我这里来?你只要把我的这副尊容瞧一瞧,就知我并非说的假话了!"他又像似牢骚万状地说。

我最初倒不懂得他这句话的意思,但只经略略一想,也就明白过来,原来是说他自己成了一个痨病鬼,她已将他弃之不顾了呢!同时又向胡闲的脸上一望,也露着忍俊不禁的神气,显然的,他也已理会到这层意思了。

"不瞒你说,我们以前的交情确是好到无比的,但自从我患上了这个劳什子①的肺病以后,她就马上把我抛弃了,只表面上仍是装着和我藕断丝连的样子!最可恨的,她每封信来,只说着一派欢娱的话,全不把我的病状问一句,其实,她又何尝不知道我已是病入膏肓的呢?而我的为人也是最赌气不过的,因此也只是和她虚与委蛇着,绝不有一句话提起我的病!"陆育才又十分气愤地向下说去。

"如此说来,你不但一点不爱她,恐怕已是十分地恨她了吧?"胡闲又笑嘻嘻地问。

"情形确是如此!因为我的病是由她而起!你想,我是这么弱,她却如虎似狼,我又怎……"陆育才一说到这里,似乎不便再往下说得,也就一笑截住。

"那么,这里既已是碰了壁,我们该从哪里去找寻她呢?"胡闲顿露着彷徨无措的样子。

当我们辞别了陆育才,又向车站上走去时,却听胡闲喃喃地在说着:"欲找一个小白脸,却遇到了一个痨病鬼,这不能不说是在我的失败史中,又开创了一个新纪元!"

---

① 劳什子:使人讨厌或鄙夷的东西。

十三　峰回路转

当胡闲同我走下车来,向陆育才寓处走去之际,以为经妙琴定已来到这里,我们此去,正同瓮中捉鳖,尽可不费吹灰之力,而便能把案解决了!所以,他是趾高气扬的,大有不可一世之概!谁知,和陆育才会晤之后,却是这般的一个结果,这真使他懊丧极了!

"华生!这是打哪里说起的?如今要使案情好转起来,你可有什么高见么?"他竟向我征求意见起来了。

"照现在的这情形看来,已是此路不通了!我们须得改换一条路走走了!而在侦探事件中,这也是常有的一种事情,就是大名鼎鼎的福尔摩斯,他也不见得件件案子都能一出手就对啊!"我却老老实实地对他说。

"华生!你这话说得一点都不错!尤其是失败惯了的我,更不把这走回头路当作什么一回事的!不过,现在所成为问题的,这回头路究该如何得走法啊?"胡闲又目灼灼然望着我说。

"我们现在假定是如此说,经妙琴此次的出走,确是想要到这里来的——因为她和陆育才至今还是藕断丝连着确是事实,虽陆育才也不能加以否认——不过,临时忽又改变了一个主意,因此不见她到这里来了！"我又向他提供这一个意见。

"那么，照你想来，是怎样的一个主意，竟使她改变了初衷呢？"胡闲问此话时，像似十分兴奋的样子，看来他全部的兴趣似已集中于此了。

"这是不一其端，而最容易使我们想到的，或者是她忽然萌生了自杀之意了！"我又直抒所见。

"啊呀！自杀么？这未免说得太是离奇了！"胡闲似乎十分吃惊的样子。

"其实，细想起来，一点儿都不离奇！像她这般的身世，这般的环境，最易发生自杀的事情的！何况，失意的人们，在旅行之中，更易触动此种情绪，而趋入厌世的一路，像那大文豪郁达夫①，不就在火车中，几乎闹出这么一个把戏来了么？"我更是畅所欲言地说了来。

不料我的这一番妙论，经胡闲略一考虑之下，竟是接受下来了，只听他大声叫着说："好！自杀！你这个理论很有成立之可能！我们现在决计就向这个方向去进行吧！"

不过，如果真个要着手进行起来，却也不是一桩容易的事情，因为你又怎能知道她是在什么地点自杀呢！但胡闲这人却是很有点戆气

---

① 郁达夫（1896—1945），原名郁文，字达夫，浙江富阳人。中国现代文学家，革命烈士。早年留学日本，抗战时期去香港、南洋一带宣传抗日，后流亡印尼苏门答腊，遭日本宪兵杀害。代表作《沉沦》《故都的秋》《春风沉醉的晚上》等。

的，他以为：我们既已假定她是到这里来，为了临时改变主意，却忽然间萌生自杀之意了！那么，只要照这一条铁路线找了去，一定可以寻到那确切的地点，而获到她的尸首的！一待到了上海，倘然真个寻不到，不妨再向别个方向进行；只要持之有恒，只要自杀这个理想是没有错误，大概这番劳力终不至于是白费的吧！

可是，事情真是非常凑巧，当我们正依循着这条铁路线寻了去，还没有经过得好几站，忽听有人在传说，在某一天的下午，见有一个女子从火车中跃下来，跌得骨断筋折，却有一个乡人走过，便把她救了去，正不知此后是死是活！但脚上的一只高跟皮鞋，却脱落了下来，遗在田野间了，后来给一个小孩子拾了去，至今还藏着。这也可说是这件自杀案很好的一个物证，足见是确有其事，并非齐东野语①呢。

第一，这自杀者恰恰是一个女子；第二，所说的某日，恰恰又是经妙琴失踪的那一日。有了以上的这二点，不得不使胡闲十分注意起来了，不禁向我深深地注视上一眼，而笑嘻嘻地说："华生！士别三日，便当刮目相看！这是你前几天称赞我的话！现在我却不辞抄袭之嫌，也要取这二句话来称赞你了！你料事之神，如何竟一至于此呀！"

"且慢恭维，待探听着实了再讲吧！"我倒有点受宠若惊了。

---

① 《孟子·万章上》载：孟子弟子咸丘蒙（齐人）问孟子有无"舜为天子，尧率诸侯北面称臣"之事，孟子答道："此非君子之言，齐东野人之语也。"后以"齐东野语"比喻道听途说、不足为凭之言。

十四　一只皮鞋

经我们探问的结果，却把拾得那只皮鞋的那个乡下小孩访得了。谁知这个鼻涕拖拖的小孩子，却是可笑得很，竟把这只皮鞋视为奇货可居的，不大肯拿出来给人瞧看。

"你不妨拿出来给我们一看，如果看得中意时，说不定我们立刻会把这只皮鞋买去呢！"胡闲没有方法可想时，只能这么说了。

"真的么？"那孩子很高兴地说，一边就把这只皮鞋拿出来。我们接了过来一看，这皮鞋的式样很为趋时，确是一般时髦女子穿用的；不过，经妙琴出亡时，是不是穿这皮鞋，现在却还不知道。因为当时只把她失踪时穿了些什么衣服，约略问了一问，却并没有说明这皮鞋是怎样的式样呢！

当下胡闲和我商量了一下，决计真的向他把这只皮鞋买了来。这乡下小孩子只要有钱到手，没有什么商量不通的事情！不过，我们所给予他的代价却也并不便宜，大概拿了这一笔钱，到上海有名的皮鞋店中，照式照样地买上这么一双新的皮鞋，也都可办到了吧？

可是，再去找寻把这自杀女子救了去的那个人，却是感到非常棘手了！这是什么缘故呢？这因为，说是有上这样一个人，只是一种传说罢了！其实，谁也没有亲眼瞧到！所以，也当然没有人能够确实指出，他究是谁了！如此一来，是不是真有这么一个自杀的女子，是不是真有这么一件意图自杀的事情，都连带地有些吃不准！

"但是，倘然没有这件事情的，这只皮鞋又是从何而来呢？"胡闲不免搔着头皮，露着十分疑惑的样子。

"这或者是那个乡下小孩子，故意出自空中楼阁地，编造出这么的一段故事来，骗你几个钱来用用呢！"我没有什么可说了，只能和他打上一个哈哈。

"哪有这种事？这是你在开我的玩笑了！"胡闲不觉大笑起来。

最后，我们仍是一无所获，只能携着我们此行唯一的收获——单零零的一只女皮鞋，很无聊地回到上海来。

当第二天我们驱车前往大丰制药厂，和沈厂长晤见之下，胡闲便把我们探访的一番经过，约略说了一说。当说到这只女皮鞋时，胡闲脸上颇露着忸怩之色，似以为这一定对于本案，是没有多大的用途呢！

谁知，事情有出乎意料的，沈老头儿一听到这里，竟是露着十分注意的样子，高声叫了起来："哦！你已把那只皮鞋买回来了？那好极了！快取出来给我瞧一瞧！"

"好的!"胡闲一边回答,一边即从所携去的那只皮包中,取出那只皮鞋来,递给沈老头儿观看。

"不错!这正是贱内所穿的皮鞋!"不料沈老头儿在一见之下,更又这么地叫起来,同时又露着泫然欲涕的样子,"照此说来,她是竟然自杀了!她竟会出此下策,这是我做梦也不曾想到的。"

"同样的皮鞋也是多得紧,你怎能决得定,这只皮鞋确是属她所有的呢?"我不觉从旁问一句。

"是的,你这话也不错!"他在略一踌躇之下,又有点疑惑了,"也罢,且唤李妈来问问,究竟是与不是,她一定能够说出一个所以然来的!"

一会儿,李妈已是应召而来了。她打扮得仍是那么地齐整,修饰得仍是那么地时髦,不是我一句刻薄的话,如今沈夫人已是出亡在外,中馈①虚悬,说不定在暗中,那沈老头儿已把她正位了呢!而在一般不相识的人们,倘然不给说穿她那真正的身份,又有谁不当她便是沈厂长的夫人呢?

"李妈!你且瞧瞧看,你太太那天失踪的时候,是不是就穿上这皮鞋?照我看来,倒很是有点像的!"沈厂长一见她走入室来,即把我们

———————————

① 中馈:指妻室。

所携回的那只皮鞋递给她,像似请她鉴定。

"不错!这只皮鞋确是太太那天所穿。"她只一瞧看,便肯定地说。

十五　储款以待

经李妈仔细地瞧视之下,认这只皮鞋确是属于经妙琴所有,那天失踪的时候,脚上也确是穿着这么一双皮鞋呢!这一来,从火车上跳下,企图自杀的那个女子,便是经妙琴,已是毫无疑义的了!不过,在未发现她的尸体以前,总未能一口断定她已死去了的!

"如今我们既已确知尊夫人,有上从火车上跃下企图自杀的这个事实,就当依此路线,访寻她的下落了!沈先生!你以为对不对?"胡闲说。

"这是很对的!"沈有仁把头点点说,"但是,胡大侦探,你将如何着手呢?"

"我想在报上登一寻人的广告,在这广告中,把尊夫人的年龄、状貌、失踪时的服装及传说中那企图自杀的地点,都详细地述说一下。倘她得救现尚生存的话,希望这救她的人,快来我这里报告一下。否则,如能确知她的遗体所在的,也望速来通报。如此,不是马上就可知道她的下落了吗？"胡闲又把他所拟着手的办法说出。

"这很好！而且，我得知照你一声，不妨把这赏格①订得重一些！老实说，不管她是生是死，我只要能知她的下落，对于这前来通报的人，我是不吝重赏的呢！因为我们间的感情虽是不大好，究竟终是夫妇，她现在竟是这般的结果，应知我的心中又是如何难过！能够早些得知关于她确实的消息，或者能稍杀我的悲思吧！"沈有仁说时，又现着泫然欲涕的样子。

在这里，我和胡闲对他都表着深切的同情，觉得就他现在的遭遇而言，确是可怜极了，当即和他握手而别。

这广告刊出后的第二日，我正在事务所中，和胡闲谈着天。忽有一个三十多岁，西装的男子，走了进来。和我们见面后，即把携来的一张报，放在胡闲的面前，又指着上面用红笔圈了的一条广告说："我是为此而来，你们的这笔赏格，确己是备好了在这里么？"

"你不见我们的广告中，有'储款以待，决不食言'这二句话么？只要你所携来的消息确是可靠，我们即如数奉酬，断不少你一分一毫的！"胡闲含笑回答。

---

① 赏格：悬赏所定的报酬条件。

"如此，这笔赏格准是归我所有了！"这中年西装男子欣然地说，"现在我敢把这确实的消息报告你，这沈经妙琴已是死了，她的尸体却在……"

"她的尸体在哪里？"胡闲不待他把话说完，忙不迭地向他问。

"我正是知道了这尸体的所在，方到你这里来的。否则，又怎能领取这笔赏格呢？不过，这个所在……"那人说到这里，却走得更拢些，向胡闲的耳边轻轻说了几句。

"竟有这等事么？"胡闲现着非常惊诧的样子。

"这是不容谎报的！停会儿到了晚上，待我同你前往那个所在，把这尸体起出便了！"那人却说得轻描淡写，全不当一回事。

当那人走出以后，胡闲又把那人刚才在他耳边所说的那一番话，一一转述于我。我立时也同样地惊诧起来，认为这件事太是奇怪了。

这天晚上，那人果又来了。我和胡闲原是在那里等候着的，一见他来到，便一齐走了出去。一会儿，来到一个所在，我们竟是逾垣而入。那人对于那边的路径，像似非常熟悉的，便又领了我们，来到一个谷仓之前。

"怎么说，难道这尸体竟在这谷仓之中么？"我再也忍耐不住了，不免悄悄地向他问。

"岂敢！岂敢！倘然我们不是为起这尸体而来，又为什么要掩掩藏藏的像做贼一般呢?"这是那人的回答。真的,我们掩掩藏藏的,正同做贼没有二样呢!不一会,又把谷仓的门撬开。但待走入一看时,却是堆满了干草,哪有什么尸体?

十六　如此结局

说来真是可笑,胡闲、我,同了那中年男子,借了电筒的光力,竟在谷仓中,足足做了半夜的苦工。结果:却把这仓中堆得高高的干草,都移到了外面的空地上去。

"现在,我们又该怎样呢?倘然不能如你所预料,那真是大笑话了。"胡闲望着那中年男子说。

"哪有这回事?我倘然不是确有把握的,也不敢贸然前来呢!"那中年男子的态度却是十分从容。

于是,不知又从哪里,给他找了三把锄头来。我们便各人取了一把,把这泥土垦掘起来。不多一会,果然就在这泥土之下,发现了一个死尸,这还用说,当然就是沈经妙琴的遗体了!为了还没有十分腐烂,所以尚能辨认出。而头颅上、衣服上,只见是血迹殷然,足见她是被害而死!或者是给人用重器打破头颅而死的吧?

"真奇怪！我们还认为这已是走到不知哪里去了，谁知她却是一步都没有走，竟安安逸逸地静躺在这里呢！"我不觉笑着说。

"这是那沈老儿所弄的一点手法，你们没有知道，当然要大上当了！不过，自己把妻子害死了，为掩饰人家的耳目，却还要请个侦探来侦查她的下落，这一着棋子未免相当得厉害！"那中年男子说到这里，又向胡闲笑了一笑，"胡大侦探！我真是给你抱屈，就这上海一市而言，私家侦探也不知有多少，他却单单会看中了你呢！"

这虽是不关紧要的一句话，但在胡闲听到之后，脸上不觉有点红红的！原来：他不但是抱屈，而且是十分抱愧了！因为他觉得：沈老头儿不去请教别人，偏偏看中了他，不是明明知道他是一个饭桶吧？

"然而，你又怎能知道他的这个秘密呢？"我不免又向那中年男子问一句。

他听了，只微微笑了一笑，便慨然说道："这是他的为富不仁，他的贪财好色，引得我向他注意起来的！老实说，依得我的志愿，很希望普天下的一般社会中的蠹贼，长日都在我的监视之下呢！所以，在我写给胡先生的第二封信中，曾关照他不必去访问什么三和生，还是去注意着三和土，比较地近情些，就已放了一个口风！可惜胡先生却不理会我这句话呢！"

在这里，我们方又知道，屡次写信来署名"文"的这个人，原来就是他！当下，他又提到了赏格这句话，这在刚才，胡闲原已是答允了他的；可是，在如今，情形却有些不同了！胡闲不觉露着为难之色。

"这不相干！只要让他知道了我是什么人，大概不怕他不如数照给吧！"他一边笑吟吟地说，一边却从身上掏出一张名刺[①]来，递给了胡闲。

我忙凑过头去，向着胡闲的手中一瞧时，却见这名刺上端端正正地印着"鲁平"[②]二字！

——呵呀！他便是大名鼎鼎侠盗鲁平！这不但是我，连得胡闲都有些大惊失色了！

这时候，一宵已是过去，又到破晓的时分了。我们便同了鲁平，前去沈有仁私宅中，叩门求见。沈有仁听说是我们到来，也即披衣而起，仓忙出见。忽见又多了鲁平这么一个不相识的人，不免略露惊讶之色。

"我已把尊夫人的尸体找到了！我是特来领取你在报上所悬的这笔赏格的！"鲁平竟单刀直入地说。

沈有仁带点踌躇的样子，似乎不相信会有这种事的。

"你这个人真不漂亮！你也不想想，你只要把赏格一照发，使人知道尊夫人的尸体已有下落，这件事便可告一段落，不正是你所期望的

[①] 名刺：名帖，名片。
[②] 鲁平：孙了红侦探小说代表作《侠盗鲁平奇案》中的著名侠盗形象。

么?"鲁平又说。

这句话真正再灵验也没有,沈有仁一听之下,果然即很高兴地签了一张支票给他,然后方又问:"那么,她的尸体究在哪里呢?"

"仍在你所置的地方,可是,已经被我们掘取出来了!"鲁平很冷静地回答。

沈有仁不免呼叫一声,仆倒在地。——如照"一命抵一命"这句话来说,这件案子也可就此了结呢!

少女的恶魔

一　定时性的恐怖案

这已是好多年前的事情了，在本市，忽然发生了一连串的好多件的恐怖案子，其案中的情形，竟如同出一辙的，直闹得满城风雨，谈者为之色变！

这恐怖案的开始，却在一个星期五的上午二句钟时候，一个少女给人用刀刺死在她自己的花园中，在发觉时，凶手已是逃逸无踪，只在这尸体的旁边，留下了一张卡片，上面却有上自来水笔所写的"小魔王沈十"五个字。这明明是说，这件案子是他所做的了！单是如此，已使一般警探为之棘手，一时间竟捉不到这凶手！

不料，到了下一个星期五，仍在同一的时间中，又有一个少女被害，仍是同样地在尸体旁边遗留下这么的一张卡片，只是这被害的地点，却不在花园中，而在一条小河之前了！

如是者竟连续至五个星期之久，每次被害的都是一个少女，其行凶的时间，又不先亦不后，恰恰都在星期五上午二句钟刚刚敲过，而在尸体的旁边，又必同样地遗留下这么的一张卡片，更是不必说起的。

这一来，舆论不免为之大哗了，在各报中，充满了不满的论调，都在责问警署的无能！而一般少女，更是为之惴惴不安，生怕这下一次的牺牲者就是她自己！所以，竟把这星期五的姗姗而来，视同她们的一个难日快要到临了！

我是对于侦探的案子，素来有一种特别的兴趣的，如今见了这么一连串的恐怖案，怎还会不深深引起我的注意呢？因此，我倒又想起我那老友私家侦探胡闲来了。他虽是十桩案子竟有九桩失败，给人连讥带嘲的，称为"失败的侦探"，但他的侦探学识究竟很不平凡，令我深深拜服，逆料他对于本案，一定有上一种特殊的见解的。于是，我便走到他的事务所中去，征求他的意见。

"华生！我早料定你今天定会到我这里来的了！"不料他一见我，便向我这么说，一边又自椅中站起，和我欢然握着手。

"这倒很为奇怪，你竟料定了我会来，这是为了什么原因呢？"我不觉露着惊诧的神气，同时，也就在靠近他身旁的一张沙发椅中坐下了。

"这原因很为简单，今天乃是很关重要的一个星期四啊！"他只笑微微地说。

这可使我更是惊诧了：星期四便是星期四，又有什么重要不重要的，他为什么要说这句话？倒害得我只能瞪起了二个眼睛望着他。

"哈哈！这有什么不能懂得的？你莫非已忘了你自己的来意吗？"他仍是带着笑。

咳！我自己的来意！我是为了最近发生的这一连串的恐怖案，特来征询他的意见的，这与星期四不星期四又有什么关系呢？但我究不是什么笨伯，刚一想到这里，倒又恍然大悟了：不错！这星期四便是这定时恐怖案将发生的前夕，换句话说，便是这恐怖案将发生的日中，怎么不能说是很关重要？据如此说，他不但料定我今天定要来到，准已知道我的来意的了，便也突然问道："那么，照你想来，这疯狂也似的凶手，今天晚上会不会再出现，而这像有定时性的第六次恐怖案，有没有实现的可能呢？"

"照情形看来，既有了已发生的这五次，今晚这第六次，定也如期而现，决无幸免之理！不过，在这中间也有一个限制，那便是这凶手，所以发生这些恐怖案的目的，是否已经达到。倘已达到的话，那不但是今晚，即是此后，恐不会再有这种事件发生了，但照我想，他这个目的恐怕还不曾达到吧！"胡闲字斟句酌，十分留心地说。

"哦！这要问凶手的目的已否达到？那么，他的目的究是些什么呢？"我忙又向他问。

"唉！华生！关于这我却是回答不出！因为我倘能知道他的目的究

是什么，早已有所着手，决不听这恐怖案一再地发生，竟至于五次之多呢！"胡闲紧蹙着双眉说。

正在此际，却听得电话机上铃铃地响了起来，有人打电话来了。

二 一道曙光

警察局长凌明和胡闲的私交极厚，素来遇着疑难的案子，常来向胡闲请教，胡闲确也帮过他不少的忙。刚才的那个电话，就是他打来的。他说是马上就要到来，有事面谈，请胡闲别出去，在事务所中等着他。

"无事不登三宝殿，他大概就是为了这些案件来的呢！"胡闲听完这电话后，却笑了一笑，对我这么说。

"倘然如此，我们倒又得忙起来了！——这在我个人方面说来，倒也是十分欢迎的！久不出马，我真有髀肉复生之感呢！"我也含笑相答。

不一刻，凌局长果笑容满面地到来了，和我们欢然握手坐下后，便说道："胡先生！你是最聪明不过的，在我未说出来意以前，你大概已能料到我是为了哪一种案子来的么？"

"这是不难猜料的,倘然是无关紧要的小案件,也不用你局长操得心。如今既是亲身出马,定是为了一个较大的案件,而在最近说来,这五桩连续不断的少女被害案,最是轰动一时,说不定你就是为了这些案件,要来和我研究一下吧!"胡闲带着微笑,从容不迫地说了出来。

"不错!你真是可以,竟给你一猜就猜着了!唉!胡先生!为了这一连串的无头案,使我和我的同人挨尽了人家的骂,真是烦恼煞了!而且,这不光是挨骂的问题,倘然无法加以阻止,再让这恶魔猖獗下去,每星期五必得闹上一种无头案,那么,上峰纵能对我优容,不加罢斥,我为表明责任起见,却也非自动辞职不可呢!胡先生!你也能助我一臂之力,为我打破这恶劣的环境么?"凌局长说到这里,露着十分恳切的神气。

"是的,这情形确是十分恶劣!不过,凌局长!这并不能称之为无头案,就实际说来,却也是有头有脑的,只在这一点上,我们或者就有了挽回的希望么!"胡闲似在纠正他。但在凌局长听后,却仍露着愕然的样子,似乎不懂得他这句话的意思。

"局长!你瞧!每次在被害者尸体的旁边,总留上一张小魔王沈十亲笔签写的名片。而这小魔王沈十,却是实有其人,关于他的历史,也早在报纸公开地刊载着,说他在十三岁的时候,就把一个女同学杀死,以后又接连用小刀刺死了二个和他年龄相同的女孩子。'小魔王'

的这个混号，就是由此而得。但在法医检视之下，却认他神经方面不大健全，已是成了疯人，因把他送往疯人院中禁锢着。可是，为了看守不密，在几个月前已给他逃走出院了。依此而言，只要把这沈十找寻到，本案难道还不水落石出？又怎能说是无头案呢！"胡闲又有条有理、有头有尾地说了来。

"这情形谁不知道？但最是困难的，虽经我们全体出动，竭力把这沈十搜寻着，竟是连他的影子都瞧不到，好像已逃遁入空气中去了！然一到星期五的晨间二点钟，他又翩然出现，从不爽约，直待干完了他那惊心动魄的工作，方又悄然隐避，真使我们啼笑不得呢！"凌局长又愤然地说。

"那么，照你说来，这些案子确都是沈十所干的么？"这真是惊人之笔，胡闲忽又向凌局长这么反问着。

"怎么，你刚才不是也认定沈十是本案的凶手？"凌局长又有点愕然。

"不！我不是这样的意思！"胡闲立刻加以否认，"照我想，沈十是案中一个重要人物，那是不错的；但这些案子却是别一个人所做，只是把他作上一个幌子罢了！"

"嘿！幌子！然而，他怎么会如此之呆，竟不出来声明一下呢？"凌局长仍是怀疑着。

"唉！我的局长！倘是他已给那个真正凶手囚禁起来，失去了自由，又怎能出来声明呢？"胡闲不免微喟着。

于是，在凌局长的眼光中，不觉露着一道异光。——这异光，不啻象征着本案的前途已透露了一道曙光。

三　又一杰作

我这时候全心都倾注在这件奇案上，竟寄榻在胡闲那里，不思归去了。

胡闲却露着焦躁不宁之状，一边在书室中踱蹀往来着，一边对我说道："唉！华生！像我们现在，真遇着人世间最难堪的一个时候了！你瞧，明知在这中夜过后，二点钟快要到来的时分，又将有一件惨案发生，又有一个无辜的少女，将被那疯狂也似的凶人，用小刀刺死在什么一处花园中，或是在什么公园的附近，却无法可以预先去阻止它，使它不再发生！这不是十分令人难堪么？"

"你以为像这具有连续性的惨案，今晚定又要发生了么？但照我想来，或者在这凶人方面，认为有了以上的这五次表演，已是十分满足了，从此将放手不干，也是说不定的事。"我却露着不大相信的样子。

"不！这是决不会有的事！你要知道，这以前种种，只能说是他所放的一种烟幕弹,关于他真正的目标,至今尚未达到,他怎肯放手不干呢?"胡闲说这话时,像似绝有把握的。

"这么说,在这疯狂的行为之下,还是具有一种目标的么?"我不免很为惊诧了。

"这当然!倘然他是没有什么目标的,以前的这五桩案子,不是干得太没有意义了么?而在我这方面,也正用不着对它如此地注意呢!"胡闲又带着苦笑说。

"但是,有一件事你总不致会忘记的!凌局长刚才不是曾说过么?在这中夜二点钟到来以前,他当使他部下员警①一齐出动,采取一切有效预防的行动,并对于可疑的住屋、可疑的车辆,随时加以搜查。如此,这所谓小魔王沈十也者,究竟只是血肉之躯的一个生人,并不是什么鬼物,在这严密的防范之下,恐也就无活动之余地了吧!"我不免向他提醒着。

"哈!这以之防范那沈十,原是绰绰有余的!可是,我不早已说过,这沈十不过作了人家的一个幌子,真在暗中活动的,却是另有其人!如此,凌局长这一切的努力,结果也只是归于徒劳罢了!"胡闲却在微笑了。

---

① 员警:警察人员。

于是，我又再度愕然起来。

此下，我和胡闲都悄然无语了。而瞧胡闲时，一会儿坐，一会儿立，他却一刻不安一刻，像似对这凶案的发生，他是负上了很大的一个责任，如今只能眼睁地瞧着，静待其发展，而无法预先去遏止它，这在他良心上说来，实是负疚很深的！

一会儿，只听壁上的时钟"当当"地打了二下，正是这可诅咒的时间到临了！

胡闲听到以后，好像陡吃一惊地，竟从座中直跳起来，一边又在喟叹道："唉！这不但是警务人员的无能，其实也是我的无能，竟坐视这时间的逝去，又使这万恶的凶人完成了他另一杰作了！"

但我却在暗暗好笑：这真是活见鬼，怎又知道这凶人真又出了手呢？照这样子看来，胡闲大概为了在探案方面，遭到了一再的失败，已是有点儿神经病了吧？

可是，在二个小时以后，我方佩服胡闲的料事如神，我的暗暗笑他，未免太是小看他了，几乎要去握着他的手，向他好好地道歉一番！

原来：在此时，凌局长果然打了个电话来，向他报告着，说是在巡逻队的巡查之下，在一个荒废的小园中，发现了一个少女的尸体，也是给小刀所刺杀，也是在尸体的旁边，放下了"小魔王沈十"一张亲笔签写的卡片，一切的一切，正和以前这五桩凶案所发生的情形，没有什么二样！而凶手已走得毫无踪影，更是不必说了！

"如今没有别的方法可想，只能再等待上一星期了！我所希望的，只在这一周之中，须能有上一点眉目，不致再像现在这么地束手无策，眼睁睁地只能瞧着凶人奏凯呢！"胡闲又像祷告一般喃喃地说着。

第二天，在各报的本埠版上，又载满了这一件凶案，这如嘲如讽的论调，自又集矢在警局方面！胡闲见了，不觉也大皱其眉！

四　一个惊人的发现

就在这天上午，司阍皮老虎又把一个主顾领了进来。此人是六十多岁的一个老者，生得慈眉善目，一看就知是个好人。身上穿了一套西装，却是十分敝旧，如问它裁制的时代，大概总在五十年以上吧。

他待皮老虎走出后，又向我们二人细细看了一眼，方问道："你们二位之中，哪一位是胡闲先生啊？"

胡闲即向老者含笑点头，说他便是胡闲。老者便摸出一张名刺来，递在胡闲的手中。胡闲接来一看，脸上忽现异色了，一边即请那老者在一张沙发上坐下。

"这位是谁？"那老者却又指着我在询问了。

"院长！这是我好友华生君，我们素来是在一起探案的，所以，你如有什么话要对我说，尽可不必避他呢！"胡闲回答这话后，又把手中的那张名刺转递于我。

我这才明白胡闲刚才接到这张名刺时，所以要面现异色的原因了！原来：这老者并非别个，便是大中华疯人院院长葛长生，这小魔王沈十曾在他那院中居留过，后来就是从他那边逃走出来的呢！照此看来，他今天所以来到此间，一定是对于这小魔王沈十的案情，要有所陈述吧！

果然，只听他开口说道："关于所谓小魔王沈十这个人，近来报上常常有得提起，大概你总不会不知道吧？"

"不错！我是知道的。据他们说，他不就是从你院中逃走出来的么？"胡闲说。

"唉！倘然他真是逃走出来的，这在我良心上，倒也不负责任了！可是，在事实上，却并不是这么样！"葛长生好似十分负疚的神气。

"这是怎么讲？"胡闲显然有点惊异了。就是我，何尝不如此。

"唉！实对你说了吧，他不是逃走出来的，却是从我手中把他释放出来的，只是外间不知其真相罢了！"葛长生说这话时，神色间更是沮丧了。

这真是一个惊人的发现，胡闲和我都不禁呆了起来。

良久，胡闲方又问："院长！久知你是疗治精神病的一位专家，对于把这沈十释放,决不是毫无理由的?"

"当然,这是几经检视之下,确知其已无疯象之后,方始把他释放出去。而就我一生说来,在我手中释放出去的疯人,已有五千六百七十八人之多,一个个都在外面生活得很好,并不曾出过什么岔子呢!"这是葛长生的回答。

"那么,照现在看来,你对于这沈十,究又是怎样的判断,他到底是不是疯人呢?"胡闲不免要问。

"为了他最近的那些行动,连得我自己都有些不相信起来,生恐我对他所下的那个判断有上错误了!换句话说,我实是不该把他释放呢!万一不幸如给外间知道了这事实,我正不知要给舆论攻击得如何的体无完肤!而我一生的名誉也就从此扫地了!如今我不胜良心上的负疚,所以,要来求教于你了!"葛长生又说。

"院长!那么,你要我给你效力些什么呢?"胡闲问。

"我要请你马上把这沈十缉获到,如此,我对公众方始有个交代了!至所有一切费用,准归我独力担负!老实说,只要能把沈十缉获到,使我不再受良心上的责备,就是倾家荡产,也都是心甘情愿的!"这老院长说着说着,竟是发起戆性来了。

"好的!我准竭我所能罢了!"胡闲忙向他回答,"不过,有一事要请问,你把他释放后,也知他是往哪里去的?"

"他有一个尚未出嫁的姊姊,出院后,他便同他姊姊去居住。而不把释放出院的消息正式宣布，却说是逃走出去的，也是出自他姊姊的请求。因为，照当时的情形说来，确是如此，反可少去一些麻烦！但在如今说来，倒又觉这个手续也是带点错误了。"葛长生说到这里，又不胜后悔的样子。

五　小魔王沈十的姊姊

由葛长生的口中，我们知道这小魔王沈十还有一个姊姊，芳名唤作"薇君"，尚未出嫁，沈十由疯人院中释放出来，就回到家中去，和她一起住着呢。现在沈十既然出了这种事，她的处境当然相当地困难，幸而没有给官中知道沈十是释放出去的这一节事，否则，她更要受人注意了！

"如今对于探访本案，这沈薇君是唯一适当的路线了！华生！我们现在就去向她访问一下，好不好？"所以，当那葛院长一走以后，胡闲就这么地向我提议着。

"很好！我们就走吧！"我表示同意。

关于这沈薇君的住址，葛院长曾对我们说过，在提篮桥还要过去的一个什么地方。我们依言而往时，却是一所旧式的平房，在那个地域内,像这种没有翻造过的平房,却是很多很多呢。

"想不到在这十里洋场①内,还有这种十九世纪的建筑物存在着,倒是朴野之风犹存,别有一种风趣啊!"胡闲不觉含笑对我说。

"照此瞧来,我们如今所欲访问的这个人物,或者也不会怎么地摩登吧?"我也微笑相答。

谁知,一和这位沈薇君女士见面之下,方知我先前的这个猜测是错了!因为,这沈薇君虽不是十分的摩登,然而她的衣服和装饰,全依照着上海最时式的派路,并不带一点乡气!在这里,也可知风气所趋,上海已无一个乡气十足的女子了!

"沈女士!你见我们这样地突然见访,或者要觉得有点惊异吧?但你倘知我是为了令弟沈十的事件而来,自也就不觉得怎样了。"胡闲也不和她多敷衍,就开门见山地这么说。

"哦!我的弟弟沈十么?他不在这里!而且,自从把他送入疯人院后,我已和他久无往来的了!"她生怕要找到什么麻烦的,一听是为沈十的事件而来,忙不迭地就这么说。——当警署中有人来查问时,她大概也是这般地回答吧。

---

① 清朝末年,上海的租界区域中有一条东西走向、长约十里的大街,因洋人聚集,洋行与洋货充斥,因此上海人称之为"十里洋场"。后亦用为上海的代称或比喻热闹繁华的地区。

"沈女士！你不必着慌！我并不是做公人①，也不是什么官家的侦探！我实是受了葛长生葛院长之委托而来，要洗清令弟所受一切的嫌疑，同时也就是减轻葛院长良心上所负的责任！因为，葛院长已把如何深信令弟不是一个疯人，暗中将他释放去，又令弟释放之后，如何即回到家中来，和你同居着，一情一节地都对我们说了一番呢！"胡闲怕她有所疑惧，忙又向她如此说了来。

"哦！原来是葛院长委托先生来的么？那么，先生究要我帮助你一些什么呢？"沈薇君略一沉思后，即含笑相答。

"我也不瞒你说，我是一个私家侦探。我并不知道，令弟现在已是失踪的了！如今要戢止一切浮言，非先把令弟找寻得不可！而欲把令弟找寻得，非由你把他失踪以前的情形详细告诉我不可呢！"胡闲即老老实实地把这情形说出，"现在，我欲向女士询问的，他是如何失踪的啊？"

"这件事说起来话长呢！"她好似把这句话作上一个引子的，然后又说，"他最先在院中出来的时候，生怕有做公人等来查问，总是躲着不出去。后来见已没有什么事情，也就出去走动。并因家中并无多大恒产，长此坐食，也不是一件事情，很想找点工作做做。他却是很自

---

① 公人：旧时国家机关或公共团体中办理公事的人员。

负的,每每含笑对我说:'大姊!别的本领且不必说起,单凭我这一手字,大概总可以找到一个吃饭的地方吧!'"

"如此说来,他的这一手字,一定是写得很好的了?"我不免打断她的话头,插问一句。

"其实,也不见得怎样!不过,在和他同年龄的一般人中,确是无人能及得他来的了!他是习的一派欧字①,很是有点气骨呢!"她即向我回答。

六　大海捞针

"那么,他的亲笔签字,一定是无人能假冒的了!"胡闲不免又如此问了一句。

她是非常聪明的,也知此问,实为案中有上那张沈十亲笔签写的卡片而发,她自己究竟如何回答,实有上重大关系,不可不郑重回答。半晌,她方说:"照常理说,确是别人所不能假冒的!而且……"

---

① 欧字:这里指唐代书法家欧阳询所写的字体。其特色为笔力遒劲,结构严谨,具备众美,虽小楷亦翰墨洒落。

"而且什么?"胡闲忙向她问。

"而且,在报上刊载出来他的签字,我也已细心瞧察过,确是出自他的亲笔呢!"沈薇君又毫不隐讳地说。

"照此说来,依你看,也以为这些案子都是他所作的了,是不是?"我不免又要插问一句。

"不!我不是这么想!我以为其中定有隐情!"她却回答得爽快。

"是,沈小姐这句话一点都不错!像这签字,纵是出自亲笔,或者是出于人家的威胁之下,可也说不定!而且,凭着科学上的功用,只要能取得他的亲笔签字式,尽可任意地假冒一下的!"胡闲也在一旁附和着。

跟着,沈薇君便又把以后的情形说了一说:

这沈十虽是竭力想谋得一个位置,但在这人浮于事之时,又怎能如愿而偿?久而久之,他不免有点意懒心灰了!最后,他忽然对他姊姊说,如今已有上一个机会,但能不能成功,须待数日之后,方见分晓。

有一天早上,他自己从邮差手中接得了一封信,忙忙拆开一看,只见他一张脸顿时灰白了,口中也听得连连说着:"完了!完了!"虽不知究是为了什么事情,但照他姊姊猜料起来,大概是前几天所说的那个机会,已是付之泡影的了!可是,当他静静地坐下来,把送来的当天的报纸,瞧看了一会子,忽又见他面露喜色。接着,便又把头发理了一理,换上了一套中山装,对他姊姊只说是去散上一回步,便出门去了!

但是,从此他就失了踪,再也不见他回来了!而为了外面都认为他是从疯人院中逃走出来的,并不明白其中实情,所以不曾报得局!

"哦!他在走出家中以前,曾瞧过当日的报纸,而面露喜色么?"胡闲听完她的这一番陈述以后,他的注意力好像特别集中在这一点上的。

"是的,事实上确是如此!"沈薇君忙向他回答。

"那么你们看的是什么报?"

"《新闻报》。这是从他在疯人院中出来后,就订起来的。据他说,《新闻报》中广告最多,他如要寻找什么工作,看这张报是最为相宜的了!"

"你总记得,他的突然失踪,是在哪一天?"胡闲的注意力,显然又移注到这一点上来。

"那是一点都不会忘记的,乃是今年的四月十四号。"沈薇君又立刻回答。

"很好!"胡闲显着非常满意的神气,"但是,我要问你,你们也把看过的旧报留有么?"

"啊呀!这倒没有!凡是看过的旧报,一积到相当的一个数目,就都给我卖与收旧货人了!"沈薇君似也知道胡闲所以问这句话的意思,所以颇露着有点懊丧的样子。

"这不相干！我只是偶尔问一声罢了！"胡闲忙又向她安慰着。

当下，我们即和她告辞而出。胡闲并向她担保着：照他观察起来，她那弟弟沈十定与本案无关，至多是给人利用着，作上一个幌子罢了！如果机缘凑巧的话，或者就可将他找了回来的！因为在她的纤屑无隐、据实相告之下，已给他获得一个线索了！

沈薇君听了，自是十分快慰，不免为之嫣然一笑，而在这嫣然一笑之意，似还兼含有感谢他的意思，只是没有明白说出呢。

胡闲的事务所中，历年的旧报纸，保存得特多，像这《新闻报》，一月一册地装订起来，至少总已在百册以上了！所以，他一回到事务所中，即急急地向那贮藏室中走去，又从一口玻璃橱中，检取了本年四月份的一本《新闻报》汇订册出来。

"怎么，你以为这沈十从家中走出，是和报上的什么消息有关的么？"我不觉十分惊异地向他询问。

"这还待问！事实上确已显得他是如此的了！"胡闲回答得很从容。

"但是，这又似大海捞针一般，你又怎知道某条消息是他当日所注意的呢？"这或者为了我问得太是愚蠢了，竟引得胡闲哈哈大笑起来。

七　一条可注意的广告

一会儿，胡闲已将沈十失踪那日的报纸检出了。他在人事栏内，很注意地把那些广告一一检视一下，不久，证明他这番功夫并非白用，他已瞧到他所欲找寻的那条广告了，一边又很高兴地对我说道："华生！你且把这一条东西瞧一下子，倘然你也认为是有点意思的，那我们已走到了准确的路线上去了。"

我见他说得如此郑重，忙也接过一瞧时，只见这一条广告上面却是这般写道：

应考BB公司失望者鉴：

现有一可靠之事业，需要英才为助，且只问有无办事之能力，并不查问过去之历史。

如有意者，请先电一一二六二六何君接洽。

我瞧完了这一则广告，却没有什么意见发表。因为照我想来，像这般的广告，实是平常之至，在这人事栏中，每天不知有多少条刊出，怎能指定沈十的失踪，乃是与这条广告有关的呢？未免近于武断了。

"华生！你为什么一声儿都不响，莫非别有意见，不以我这话为然么？"胡闲似乎也懂得我的意思了。我即含笑把头点点，把我这番意见说出。

"是的，你所持的见解，也确是很有理由。但是有很重要的几点，你却把来忽略去了！"

"是怎样的几点呢？"我忙问。

"这最重要的第一点，据沈十的姊姊说，在没有看到当天的报纸以前，沈十为了接到一封信，神色间十分颓丧，但把报一看以后，忽而兴奋起来，即把自己修饰一下，马上便出去了。这证明了他在报纸中，一定看到了一些和他有关的东西了！而就他急于想找得一个位置这一点瞧来，一定是和他谋事这一方面有关的呢！"胡闲给我指点着说。

这倒不消他说得，当沈十的姊姊说到这番情形时，我也未尝不是这般地推测着。所以，我听了以后，只仍把头点点，并没有说什么。

"这第二点，便是这广告中'并不查问过去之历史'这一句话，这显然是针对沈十而言。倘然沈十确是去向公司应考过，又确是为了不能说清楚自己的历史而失败下来的，那么，如今一见到这条广告，又怎有不跃跃欲试的呢！而瞧他当时竟是十分兴奋，匆匆走出，恐怕除了这条广告外，其他广告对于他，决不会有这般大的力量吧？"胡闲又十分起劲地说了来。

在这里,我除了再是点头之外,当然不能向他驳斥什么,然而,仍很怀疑地问道:"可是,登广告的那个人,怎又知道沈十在这过去的历史方面,有不可告人之隐呢?"

"关于这个问句,不消我来回答得,只观最近用沈十名义所做的这几件凶案,就可作得很好的一个回答了!华生老友,实对你说了吧,照我想来,这个人对于沈十的过去历史,一定知道得很清楚,复在凑巧的机缘之下,沈十应考 BB 公司,偏偏又会给他知道,而他恰恰需要沈十这么一个人,所以便把这么一条广告登出来了。"胡闲立刻回答。

"如此说来,这条广告简直是专为沈十而登的了!但他怎决得定这条广告必入沈十之目呢?"我不免仍是怀疑着。

"唉!我的好华生!"胡闲这般地称呼着我,显然在笑我是个笨伯了。我不觉也有些脸红起来,便又听他往下说去:"那人既是存心要把沈十罗致了去,这个广告如不生效力,他定会再想别个方法的。如今沈十一见广告,就会前去和他接洽,那在他这方面说来,自然是再好没有的了!"

八 牛司[①]也有行情

在这一番问答之后,我们便又把最紧要的一件事进行起来,即是查问一一二六二六这个电话是属于什么公司或是什么人家的。这是只在一会儿之后,就把它查明了!

"哦!你问一一二六二六号么?这是徐家汇路九九八八号孙公馆的电话。"接线小姐向我们如此回答着。

照我们想来,现在也只有向这条路线进行了!

当下,胡闲即同我到徐家汇路九九八八号的门前瞧了一下,却见乃是一所洋房,前面还有一个小小的花园,看去这人家倒是很有上几个钱的。

胡闲的意志素来最是集中的,他的成功在此,而他的失败亦未尝不在此!盖所谓意志集中者,倘然换上一句话说,便是俗话所云"独腹心思"了!

---

① 牛司:消息,为英语 news 的音译。

这时只见他笑着对我说道:"果然还有上一个花园,这是更合我的理想了!看来这一次出马,我们倒没有走得什么冤枉路呢!"

我也懂得他这句话的意思,因为这一连串的命案的开场第一案,那少女的尸体就发现在一个花园中,所以他要说是更合理想了!但是细想起来,这句话却是极不合逻辑的,因此,我便很不服气地说道:"不过我却不以为然,我认为不论在哪个场所,那凶手都有其行动之可能,为什么定在花园中才合理想呢!"

"唉!华生,我的老友!这你太不理解我的意思,同时也便是太不理解那凶手的意思了!须知他所做的这许多案子,只是给那将要出手而尚未出手的,这件主动的案子,放上一些烟幕弹,使人家相信这只是一种失了理智的行动,决无什么内幕;而那开场的第一案,实是他最好的一个蓝本,能一一都符合而无走样之处,才合他的理想!"胡闲说到这里,复又笑了一笑,"那也就是合了我的理想呢!"

当下,我们又向这屋子的四周看了一下,在这隔壁也有一所和它差不多样子的洋房,正空关着在那里,上面贴着召租①纸。胡闲向这召租纸上约略看了看,即取出手册来,写了一些什么东西上去,然后又对我笑说道:"这所洋房建筑得很好,我倒颇有意搬了来,和这孙公馆

---

① 召租:用招贴或告白招人租赁。

结个芳邻呢!只不知租金究是如何,也能使我这穷措大①负担得起吗?"

"这倒一点不相干,不论这租费是如何得惊人,你尽可和那位疯人院院长去商量一下,他既有言在先,决计不会拒绝呢!"

我这句话,却说到胡闲的心坎上去,不觉也莞尔而笑了。

于是,我们也就不再侦察什么,即回到事务所中来了。尚未坐定,胡闲便打了一个电话,却是约一位姓顾的,马上就到这里来谈话。

"你现在所约的这位顾先生,不是大家都称他为'百晓'的那一位吗?"我向他问。

"是的,是那百晓。"他回答。

诸位,你们可知道这"百晓"究是一个什么人?原来:仗着他的交游广阔,在外面很是活动,什么事都瞒不了他,你如果探听什么秘密的"牛司",只要问他,他准可回答你;就是他一时间或者不知道,你只要托了他,也准可给你探访出来呢!这样一来,他竟以此为职业了,不论公家侦探或私家侦探,只要向他说,比之自己出马还要来得好!而百晓之名便也由此而起了!胡闲在最近,也和他有上过几注的交易,很能得到一种助力,所以对他倒是非常地信任的!

一会儿,这顾百晓果如约而来了。他是高高的个子,胖胖的身躯,

---

① 穷措大:比喻贫穷的读书人。

穿了很新的一套西装，走起路来却是一摇一摆的，使人看到之后，定以为他是一家什么商店的大老板，决不会想到，他所吃的这碗饭，乃在三百六十行之外，是在做着侦探们的掮客①呢！

"胡先生！我们在未讲交易以前，我先得向你报告一个消息，最近这'牛司'的行情也涨了。"

胡闲听了，不觉把眉头皱了一皱，似乎嫌他的市侩气太重了，然后又一笑说道："不相干！你只要依照我最近的行市开账好了，决计不会少你一文半文。"

九　关于孙家的历史

"且慢，我要问你，你对于那徐家汇路的一带情形也熟悉吗？"胡闲问。

"哈哈！你问这句话，不但是不信任我，简直是有点侮辱我了！"顾百晓却在大笑了，"老实说吧，不论在上海的哪一角落里，关于一切

---

① 掮客：替人介绍买卖，从中赚取佣金的人。

的情形,我都是有点知道的!否则,也不成其为百晓了!如今你所欲知道的,究是哪一家的事情呀?"

"我所问的是一家姓孙的,他家的门牌号数,大概是九九八八吧?"胡闲说。

"哦!你问的是这家!他们住的不是一座很大的洋房,前面还有一个花园吗?"百晓真不愧是百晓,他立刻就如数家珍地说出来了。

胡闲把头点点,表示他已是说得准确。

"不过,你为何要问起这家人家?我觉得这不在你的范围之内呢!"百晓露着诧异的神气。

"这句话是怎么讲?"胡闲也在诧异了。

"请你不要动气,这因为,你并不是那些惯于追求女人的小白脸!"顾百晓的话竟是越说越奇怪起来了。

在这里,我们这位胡闲大侦探,真犹同《翠屏山》①中的潘老丈②,听得了石伙计(石秀③)那番话语后,要来上句戏词道:"你不说我还明白些,你说了我更是糊涂了!"不免要瞪起二个眼睛望着他。

"哈哈!就对你说了吧,现在他们家中,只剩下了一老一少的二位

---

① 《翠屏山》:戏曲剧目,水浒故事戏,演杨雄妻潘巧云因与和尚裴如海私通,而于翠屏山遭杨雄、石秀杀害。
② 潘老丈:杨雄妻潘巧云的父亲。
③ 石秀:施耐庵所作古典小说《水浒传》中的梁山"一百单八将"之一,绰号"拼命三郎"。

姑娘，老的已是四十有零，少的却二十出头，都还没有出嫁，而相貌却相当地美丽，所以追求她们的很多。至于你，我知道已是早有家室，决不致也会向她们追求的，现在忽把她们查问起来，自然要使我觉得奇怪起来呢！"顾百晓方老老实实地把这情形说出。

"好！你且不管我这探问的目的究是为了什么，只把他家的情形说出来便是，我照例付费就是了！"胡闲却是一副正正经经和他做交易的面孔。

"好！"顾百晓也照样地说了这么一句话，"那老姑娘叫孙笑倩，小姑娘叫孙妩娟，她们并不是姊妹，却是姑母与侄女的关系，换句话说，那前者还是后者的一个保护人呢。"

"照此说来，这孙妩娟的父母都已双双去世的了？"胡闲不免插问一句。

"不错！而这孙妩娟的父亲，却是一位外交界有名的人物，曾做过派驻什么国的公使，历年宦囊甚丰，身后很遗下几个钱。并听说他外国派十足，在这去世之前，还立下了一张遗嘱，对于这遗嘱的支配，也完全带着外国风，因为那时他的夫人已是先去世的了！"顾百晓便又详详细细地说下去。

胡闲听到这里，不免向我望了一眼，似乎在说：这才很有意思咧！一边便又"哦"了一声，然后再说："那么，也知这遗嘱的内容究是怎样的呢？"

"这倒不知道。不过,你如欲探问的,我尽可给你代劳!只是关于这报酬方面,比之寻常事件,须得特别加高呢!"顾百晓又摆出一副生意经的面孔。

胡闲又把眉儿略略一皱,答应下来,方又问:"那么,在那些许多追求她们的人中,有一个姓何的,你可认识他?"

"那倒不认识,但你只要把他的状貌说出,我就可给你打听;再不然,你就不说出他的状貌,只要确定他是姓何,我依旧可以给你打听得出的!"这顾百晓真会做生意,竟有来者不拒的一副态度。不久他也就告辞而出。

"这家伙生意经太足,虽是有些讨厌,但如由我自己出马,却更得多费时间,实不能不和他周旋一下呢!"胡闲待他走后,却来上这么的一个批评。

"那么,这第二步,我们又该当怎样?这光阴真比马儿还要跑得快,这可怕的星期五,马上又要到来了!"我生怕他忘记似的,又向他点醒一句。

"是的!我再也不会忘记这可怕的星期五!同时再也不会忘记这可怕的上午二句钟!"胡闲两眼凝望着前面,也喃喃地在说着,似乎这所给他的印象太深了!

十　结得芳邻

胡闲的第二步，就把孙公馆隔壁空关着的那所洋房租了下来。关于金钱方面，自有那位疯人院院长作后盾，那是不言而喻的！

在这上海地方，只要你有的是钱，没有一件事办不到！曾有人说过如此的笑话，倘然你是有钱的话，便是当天相人，当天订婚，当天结婚，都没有什么不可以的！因为件件东西都是现现成成地放在店铺中。人更是再现成也没有，只消你肯拿出钱，不论它是活的东西，或是死的东西，哪有会不立刻归你所有呢？

那么，这搬房子，究竟要比之讨老婆更容易得多了！所以，不消几日，早已把这屋子布置得妥妥帖帖，胡闲即约了我，一起搬了进去。

这洋房最上一层的上面，还有一个小小的平台，恰恰靠孙公馆的那一边。我们从这台上望下去，对于她们屋中的情形，虽不能纤屑毕露，但对于她们花园中的一切，至少可以说是一望无遗，毫无遮蔽的了！

胡闲看到这里，不觉笑拍我背，说道："华生老友！这不是足当'居高临下'四个字么？院长给予我们的这一笔迁屋费，可说是大得其用,不会白费的了!"

"你这话说得很是!不过,我也有四个字的考语①,倘给你闻得之下,恐又要为之爽然的!还是暂时不说吧!"我不觉笑吟吟的。

"是什么四个字?快些说!快些说!"胡闲倒又着急起来了。

"照我想,不嫌'鞭长莫及'吧?"我方从容地把这意思说出。

在这里,胡闲不免也呆了呆。但他究是足智多谋的一个人,只一会儿给他想过来了,即带笑向我说道:"哈哈!老友!你难道没有听得'逾东家墙而搂其处子'②这句话么?现在我和你自惭形秽,虽不必往搂其处子,但东家的墙,既是现现成成地有着在那里,到了相当之时,我们又何妨一逾呢?如此,不就可把一切的问题都解决了么?"

我不觉把头点点,表示很是赞成他这句话。

"可是,我们虽已打定主意,不去搂这处子了!不过,倘去见见这一双处子,大概总是无伤大雅的吧!"胡闲又笑着说。

"是的!这是很应该做的一件事!我想,我们既是三生有幸,得与她们结为芳邻,却连我们这二位芳邻,究是面长面短,一点都不知道,这不是老大的笑话么?"我也笑着说。

---

① 考语:对人的品德行为的评语。
② 语出《孟子·告子下》:"逾东家墙而搂其处子,则得妻;不搂则不得妻;则将搂之乎?"后以"东墙处子"指邻居的处女。

于是，在第二天，胡闲便同了我，一起去拜访这二位芳邻。对于我们迁入她们隔壁的这一所洋房中，大概是早已知道的了，因此，对于我们前去拜访，一点不以为异，即在布置得很精致的一间会客室中，接见我们。——而且还是那位老处子偕同了那位小处子一起接见我们。

在这里，我们却用得着做上一个刘桢平视①了！只觉得这老处子孙笑倩已徐娘半老，额上也隐隐起了皱纹，但因妆饰得好，脸上又把脂粉涂着，望去好似三十许人，很有一种魔力，足使一般男子为之疯魔颠倒呢！至于小处子孙妩娟，年龄既轻，相貌又好，真是动人极了！妩媚娟好，确是名符其实，无怪向她追求者，竟是实繁有徒啊！

在寒暄之下，我们方知这孙笑倩还是一个职业女子，而妩娟在大学中读书，尚不曾毕业呢！当问到孙小姐是在哪里得意时，孙笑倩却回答说："我和几个同志，组织了一家BB百货公司，承他们不弃，却推我做经理呢！"

胡闲一听到这句话，不觉很高兴地向我望了一眼，似乎在对我说："你听得了么？如今竟是越说越近情了，连得这公司都有了着落了！"

"如此说来，有一位何先生，大概总是认识的吧？"他不觉又脱口而出地问上一句。

---

① 刘桢（179—217），东汉末年诗人，"建安七子"之一。曾因参加曹丕筵席，平视王妃甄氏，而以不敬之罪罚服劳役，署为小吏。

"在我们认识的人中,有好几个姓何的,不知问的是哪一位?"孙笑倩反而向他问起来。

这又是小小的一个失败,我们的这位胡闲大侦探,不免又有点发窘了!

十一　她会不会杀人

我们从访问孙宅归来后,对于这个姓何的究是叫什么,虽尚不能探听清楚,但至少有一点已是可以决定了,他们确是认得这个姓何的,因为据孙妩娟说,她们认识了好多个姓何的,无疑地这定是其中之一啊!

"老友!你对于她们二人的印象如何?"胡闲一回到屋中后,就向我这么问。——这也是他的老脾气,逢见事件发生,每又先询问我的意见,然后再把他自己的意见发表的。

"这应得分别而言,那个小姑娘所给我的印象甚好,她只是十分天真,不知人世险诈的一个少女。但她的那位姑母,可就两样了!"我含笑说。

"那么,你以为她是怎样的一个人呢?"胡闲问。

"照我看,她的精明强干,并不下于一般男子,做一个职业女子,确是十分相宜的!而且,她在无形中,还具有不可思议的一种威力,她如果发起脾气来,一定能使人十分慑服的!"我说。

"华生!可了不得!你的观察力真是好到无比了!照你这般地突飞猛进,又何难自张一军呢?"出于不意的,胡闲忽把我这么赞上一句,然后又突然地问,"那么,照你看来,她会不会杀人呢?"

"你为何要问这句话?"我有点骇然了。

"你不记得顾百晓曾说起过,孙妩娟的父亲去世的时候,曾立下过一张遗嘱么?既有遗嘱立得,就有金钱的关系,为了金钱而起杀人之心,也是世间常有之事呢!"胡闲从容地说。

在这里,我却不得不默然了。不过,像孙笑倩这个人,精明则有之,强干则有之,对人有威亦有之!但说她竟会杀人,我终有点不敢相信。

"此外,你在孙笑倩方面,可还观察得了些什么?"胡闲又向我问。

我只把头摇摇,这是为了刚才杀人的那一句话使我再也说不下去了。

"我知道,她正在和人热恋中;这是从她一不经意,就有上什么深思的状态这一点上瞧看了出来的!倘不在情场中涉足的女子,决不会有这般的一种情状呢!"胡闲很有把握地说。

这天，我们又到事务所中去，顾百晓却来了。他拥了一脸子的笑，很得意地向着胡闲说："幸不辱命，我已将孙家的那张遗嘱抄了来了！"

"你办事倒是十分敏捷！"胡闲不免夸奖了他一句。

"这也不是办事敏捷，只是钱的一种力量，只要肯多花上几个小钱，就何事不可办到了？"顾百晓却笑嘻嘻地回答。

胡闲听他说到钱，知道又是生意经来了，不免把眉儿深深地蹙了一蹙，当下一边把这遗嘱接了过来，一边即签了一张支票给他，倒实行了"一手交钱，一手交货"的这句话。顾百晓一把支票拿到手中，就很高兴地走了。

于是，胡闲便把抄来的这张遗嘱摊在桌上，和我一起看着，却见这位老外交家所立的那张遗嘱，也和普通的一般遗嘱相同，在遗嘱内说：一俟妩娟成年以后，全部遗产悉归她承受，惟如未及成年而死去者，则当改以孙笑倩为本遗产受益人云云。

"你瞧，照此遗嘱而观，孙笑倩不就有杀人之可能么？因为，她已有了杀人的动机了！"胡闲说。

"照此说来，她不但有谋害孙妩娟之心，连得这一连串的几件凶案，或者都是出于她的主谋的了！你是不是这样的看法？"我问。

"这在现在是还说不定，但在我们当侦探者，却不能不有上这么的一个猜度！"胡闲很坦然地说，随又接上一句，"也罢，且待我再来看一看，在这遗嘱的上面，还有没有其他的受益人？"

"不错,还有一个妩娟的堂姊——孙明玉,她也是在这遗嘱上提及了的。"我向这遗嘱看了下去说。

"不过,她的机会太少了!"胡闲也看了看遗嘱说。

十二　天真无邪的少女

你道,就这遗嘱而言,孙明玉得到遗产的机会,为何说是很少呢?

原来:在这遗嘱上虽是这么明白地规定着,在孙妩娟未成年以前,倘然孙笑倩和孙妩娟都已亡故,此产应归孙明玉承受。不过,还得孙笑倩死在孙妩娟之前,否则,她仍旧得不到这份遗产的;因为,妩娟亡过时如笑倩尚健在的话,依法就应归笑倩所有,那她就再死去,这份遗产当悉听笑倩支配,自另有承继之人,哪里再有明玉的份呢?

"照此说来,本案的主犯倘然是这孙明玉的话,她不但要把孙妩娟害死,还得也对孙笑倩加以毒手呢!而且,并得在害死孙妩娟之前,先将孙笑倩害死,不然,仍是不生效力的呢!"我说。

"是的,如此,她的机会不是很少吗?"胡闲也笑着说。

"那么,我们尽可把她除外的了!"我又说。

"不过！我们当侦探者的眼中,在没有获得确实的反证以前,没有一个嫌疑者可以把来除外的！现在关于孙明玉的部分:她的生活状况如何?周尾如何消遣?尤其是在最近的这几个星期五的上午二句钟,她是在干着什么事情?我将统统交给顾百晓,着他去代我调查一下。"

胡闲说完此话,即摇一个电话给顾百晓,以此事托之于他了。

在第二天的下午,在一个偶然的机会下,却在我们自己的门前,和隔邻的这位美人——孙妩娟遇见了,原来她正从学校中归来呢。她倒一点儿都不搭架子,在嫣然一笑之外,还和我点了点头。

我一时无话可说,只能向她虚邀一声道:"孙女士也到敝寓中来坐谈一回吗?"

谁知,她却是十分天真,只说了句"我原是想要拜访的",即嫣然一笑地接受了我的这个邀请,跟了我走进屋来。

这时候胡闲已是出去了,我便陪了这位美人儿在书室中闲谈着。

无意中,她竟谈起了她的志愿了。她说:"我在大学中,学的是医科,不久就要毕业了。一待毕业之后,我想独力创设一个贫民医院,施诊施药,不要他们这班贫民一个钱!如有余力的话,还想兼设一个医学图书馆,这是目下医学界中所需要的!如此,或者方可说是尽了个人对社会应尽的一点义务吧!"

照我想,当她继承了这份丰厚的遗产之后,在她的财力上,如欲举办这二件事，确是绰有余裕的！而像她这么一位的富家小姐，居然能够不跟在上海一般摩登女郎的后面，过着那种金迷纸醉、穷奢极欲的生活，却能以贫民为念，学术为念，实是难能可贵的！不禁对于她倒有点肃然起敬了，一边也就情不自禁地，夸赞一句道："女士能有此仁心，具此宏志，真足称女中丈夫，当愧煞一般须眉！我除了为一般穷黎①给你祝福之外，同时并为医学前途十分庆幸呢！"

天真无邪的小姑娘，原是受不起人家的称赞的，经我这么极口夸赞之下，在她真有点受宠若惊了，便又把眉儿一皱，说道："但是，各人的意见，却不能尽同的！即以我姑母而论，她就不赞同我的意思，以为一个人该为自己谋幸福方对，若专对别人着想，未免太傻了！倘然换了是她的话，她决计不是这样干，她当以这大部分的财产，做一点有利益于自己的事业呢！"

"照她的意见，不是想经营商业吗？这也是各人的观点不同，她是一个职业女子，无怪她要有上如此的一个倾向了。"我不觉笑嘻嘻地说。

"是的。"她说，"这 BB 公司的创设，就是她意志的实施。不过，只运用了她自己名下的一笔钱，很希望我他日也能投资其中呢！"

---

① 穷黎：贫苦百姓。

她又闲谈了一会儿，也就告辞而去。未几胡闲回来了，我便把以上的一番经过，并她所说的那许多话，都告诉了他。

胡闲不觉狂喜道："如今，对于这凶案的动机，更是十分明了了！"

十三　园中静伏

一转眼间，已是星期四，这可诅咒的星期五，又快要到临了！这天一早就下着雨，竟是连绵不断，没有停止的时候。胡闲凝望着雨中，作着深思的样子。

"你在今天晚上，莫非真个想逾东家之墙吗？"我已揣知其意，所以这么含笑向他问上一句。

"华生！你近来真是大有进步了！连我的一举一动，都能预先猜到呢！"他也是满面含着笑。这在我可说是不虞之誉！

"不过，你能决得定，今晚在那边园中，真有事情会发生吗？"我又问。

"这最后的一击，是不是今晚会发生，却还是有点说不定！然据我的观察，迟早总是不能免的！所以，不管是怎样，我们总不能忽略得，须得对之严密地注视着。"胡闲说。

"我只是为了这雨,不会发生什么影响吗?"

"这哪里会?"

"不!我不是这样的意思!我只是说,在这雨中,孙妩娟恐不会到这园中来!如此,不就要影响到那凶手预定的计划吗?换句话说,就是凶手预定了在今天动手的,为了这雨,恐也将延期了!"

胡闲听了这话,突把眼光移了过来,灼灼然向我注视上好一阵,方又一笑,说道:"照这样看来,你对于本案的内容,还不能完全明了呢!据我想,不管下雨不下雨,和那位孙小姐来到园中,并无什么关系的!"

这样一来,我当然不能再说什么了。只是我总在怀疑着,在午夜二句钟的时分,又是下着雨,一个少女为什么要到花园中来呢?好在一转眼这个时候便到,有没有这种事,立刻就见分晓!同时,在这位少女来不来花园内的上面,对于本案的发展方面,也就可略见端倪了!

未几,已是到了夜中,在快近十二句钟的时候,胡闲便和我从家中走出,去到孙家的墙边,悄悄逾墙而入。虽是地既静僻,时又深夜,我们的这种举动,不致为人窥见,但心中不无惴惴,万一给人观及,不要疑我们是穿窬之盗吗?虽在解释之下,或者不难使人明白,然总要多费一番口舌了!

不久,已是到了墙内,方始把心放下。然在这里又有一个问题发生了：我们该在哪一个地点躲着，方能对于园中有什么举动都可瞧到；同时，真有什么举动发生的话，我们也可来得及把它阻止，不致徒兴鞭长莫及之叹呢？因为，这凶徒究在哪一个地点行凶，我们却不能预知的啊！

好容易，总算给我们找到一适宜的地点了，却是一个小小的亭子，亭外树木纷披，正遮去了这上面的一半，然偻着身子望出去，却是什么地方都可瞧到！而在这里更有一桩便宜之处，即是我们可以瞧见人家，人家却不能瞧见我们，真是再好也没有了！

然而，就我们那时的环境而言，并不见如何愉快！你想，在如此深夜之中，冷雨又潇潇地下着，却各人睁大了眼睛，巴巴地向外望着，期待着这并不可必的事情的降临，这不要令我们觉得非常地难堪吗？

"你真能决得定，她会准时出现吗？"我为了等待得已是很久，受不住这寒冷的夜风，免不得有些疑惑起来了。

"这当然！不然，我们为什么要多此一举？难道在家中睡上一觉不好吗？"胡闲的意志却是坚定的。

我也就不再说什么了。只是心中却仍在想着，万一到了那个时候，她却并不出现，那真是多此一举了！看他还有什么话说！

在静静的期待中，好像这时间更倍觉其迟缓的，所以，在实际上虽只等待了有一个多钟头，而看去竟是十分的长，像已有一天的样子！我在这里，确有点不耐烦了，很想再向胡闲征询他的意见。但是还不曾开得口,却见有一个黑影子一晃,果然有一个人来到园中了!我不期把胡闲的衣襟扯了一扯,信服他确能料事如神!

十四　一个平淡的镜头

在这下雨的夜中,又没有月亮,当然瞧不清出现那人的面目的,不过,就这亭亭倩影瞧来,定是一个女子无疑,而如果是那老处女孙笑倩的话,似乎还要高大一点,再把这柳腰一搦映入我们的眼帘,就知除了那孙妩娟,没有第二个了!

"真是奇怪!值此深宵,又是下着大雨,她为什么会到这里来啊?又是所为何事呢?"我见到以后,不禁暗自称奇着。

可是,她却也没有干得什么一桩特别的事情,只是在这草地上踩跶往来着。一会儿,却又立停了,抬起头来,很殷切地向着对面望着,似乎在期待着什么的。然而,在对面却只是黑漫漫的一片,一点也不能瞧到什么。

而据我所知,对面却是一座高大的洋房,自从我们迁来此间以后,只见那边大门紧闭,并没有什么人出入,大概还是一座空无人居的洋房吧?——但她好似一点都不知道,仍在盼望得非常地殷切,虽是这雨直淋下来，从头上滚到了她的雨衣上，她竟是毫不觉得的一般！

一会儿，远远的有一架大钟在敲响了，却是"当当"的二下。深夜闻钟，原是最清澈也没有的，何况，不多不少，恰恰正是二下——正是这极堪注意也是极堪咒诅的二句钟，顿时使我们这在场的三个人，把精神都集中起来了，好似马上就会有什么事情发见的！尤其是远在那面的那个她——孙妩娟，更是对着对面注望得非常殷切！

然而，五秒钟过去了，十秒钟过去了，甚至是一分钟、二分钟都已过去了，对面仍是漆黑一片，毫无一点动静！园中也是寂静无声，毫无一点动静！就在此际，却听得很低很低的一个叹息之声，忽然破寂而起！无疑的，这一声低低的叹息，却是出自彼美之口！而在同时，也就证明了她那焦急之情，似乎还在我辈之上呢！

最后，她又很失望地，向着对面望上一眼，方回过身来，向着黑影中走去，倏忽间已是不见，大概她已回到里面去了。

"今晚的事情已完，我们也可离了这里，回家去睡觉吧！"胡闲一拉我的臂膀，悄悄地对我说。

我便也悄无一语地，跟随在他的背后，依着原路逾垣而出，又回到我们那临时的寓所中。

"这究竟是怎么一回事，难道她竟是等待着那凶手前来杀害她吗？"我待坐定以后，方又向胡闲这般问。因为，这件事在我看来，确是太奇怪得使人不敢相信了！

"照情形看来，差不多是这般；但在实际上，她却是在期待着一个人的到来——或者竟是她的情人，决计想不到会有被害之事呢！"胡闲却静静地回答着，似乎关于这案中的情形，什么他都已知道的了。

"可是，这个人却没有到来呢！"我说。

"这就是说，本案的结束，至少还得迟延上一星期，或者竟至数星期！——然而，像这般的迟延，实是要不得的，也是使人十分焦躁的；因为，每迟延上一周，就得多添一个无辜被害的少女！即拿今晚来讲，恐在本市的哪一个角落里，又有一个无辜少女遭到牺牲了吧！"胡闲两眼向对面望着，缓缓地说了来。

"你决得定是如此的吗？"我仍是不大相信。

"这当然是这般！须知每周逢着星期五，在一定的时期内，定有一个少女被害，这只是那凶手所放的一种烟幕弹；倘然到了本周，竟不举行这故事，那么，他以前所做的这几件凶案，都是成为毫无意义的了！这在事实上又哪里会有呢？"胡闲却说得很有理由。

约莫在二小时以后，胡闲似乎再也忍耐不住了，便打了一个电话到警局中，询问今晚有无凶案发生。一会儿，他两眼灼灼作光，回过头来对我说道："果然已给他们发现，同样性质的一件凶案，又在市西的一个废园中发生了！"

十五　你瞧着就是了

　　为了一夜没有睡，第二天我们睡到很晏才起来，瞧样子已是下午了。

　　"难道我们竟是睁大了眼睛，一无所为，再呆呆地等上一星期吗？这未免太是无聊了！"胡闲说。

　　"这当然不能如此的！"我忙接口说，"不过老友！我却要提出一个意见，在本案中，我们对于有一些事件，不免太为忽略了！"

　　"什么一些事件？"胡闲忙不迭地问。

　　"就是每星期所发生的那许多桩少女被害的惨案，在一般人认为这是主要的，你却一概置之不问，这恐怕有点不大对吧？"我又说。

　　"哈哈！哈哈！"胡闲一听便大笑起来了，"我不早已对你说过，这都是那凶手放的烟幕弹吗？既知是烟幕弹，又何必予以注意呢？"

　　"但是，如今既有多余的时间，何不也对它们注意一下，或者也能探出一点什么线索来，正未可知！"我忙又这么说着。

　　"不！这大可不必！譬之于水，这只是一些支流，我们既已知其总流之所在，尽可直探其源，正不必枝枝节节，作此事倍功半之举了！"

胡闲却是十分的固执。

我不觉暗暗在想：我们这位老友，自从出马以来，十桩案子倒有九桩失败，一般轻薄的人们也就把"失败的侦探"这个头衔赠给他；但就他的才能和经验而言，实不该有此结果！我每每为他扼腕，每每为他抱屈，而想不出他所以失败的原因来！如照现在而言，或者他就失败在这固执的上面吧？

胡闲见我默默不语，倒又向我问道："华生！你在思忖些什么，莫非不赞成我这个办法吗？"

"不！我只在忖着，在本星期中，我们是不是真得照着你刚才所说的那句话，睁大眼睛，一无所为，呆呆地瞧上一星期呢？"我故意说得幽默些。

于是，胡闲又大笑起来了："哈哈！华生！你放心！决不让你如此就是了！实对你说：手头应干之事甚多，而且，就在现在，马上就有一桩事情，须得赶快一干呢！"

"真的吗？什么事？"我忙问。

"你瞧着就是了！"他笑嘻嘻地回答。

又隔了一会儿，我们已是吃过了饭，他瞧了瞧手表，说道："华生！是时候了！你准备着吧，我们马上就得出发了！"

我听了他的话，忙整了一整衣，作着整装待发的样子。

不久，只见他把手一挥道："走吧！"

我即跟在他的后面，出了大门，他的那辆跑车，却早已停在门外了。他即一声不响地和我走上车，即由他自己司着机，直向前面驶去。

"我们究竟要到哪里去呀？"我到底是一个直爽人，不能再装哑子了。

"你瞧，在我们的前面不远，不是有一辆蓝色的汽车吗？这就是我们的目的物！"胡闲说。

"那么，那辆车中究坐着什么人呢？"我问。

"你不必问，你瞧着就是了！"他似在故意和我开玩笑，又第二次给了我一闷棍。

此后，前面的那辆车子如果开得快，我们也开得快一些，如果开得慢，我们也开得慢一些，实行着"盯梢"的那种工作。在这里，我不免有几个问题要向他请教，但恐他再拿闷棍给予我，也就不再开口了。

一会儿，前面那辆汽车，却已在一座小洋房前停下了，我们的那辆小汽车，却仍是直驶过去。在掠过那辆汽车前面的时候，见有一个穿得很时髦的女子，正从车中走下，我在一瞥之下，几乎要不自禁地，溜出一声"啊呀"来！原来：这个女子并非别个，便是我们新结的芳邻——那位老处女孙笑倩！

"我们为什么要尾随着她，难道她真是本案中一个主要人物吗？"我险些儿又要把这几句话问出口来。

十六　洞如观火

照说,我们既把孙笑倩尾随了来,如今已见她走入这所洋房中,就该在外面守候着,瞧她一个究竟了。不料,胡闲仍把车子向前驶去,并不停留下来。

我倒有些诧异起来了,便向他问:"你不是要侦探她的行踪吗?为什么既已探得了她的去处,又半途而废了?"

"她要到这里来,早已给我探得了!今天我所以还要亲自出马一遭,无非要证明我所得的情报是否确实罢了!如今既已眼见非虚,也就知道我们所走的路线一点也不差,又何必守株待兔地再候在这里呢?"胡闲满面笑容,十分得意地说。

我听了,倒默然了好半晌,心想:"近日的胡闲,真是今非昔比了,居然也会神出鬼没到如此,对于孙笑倩的行动,已能了如指掌呢!"一边也就脱口而出地向他问道:"究是谁供给你这个情报呢?莫非又是那个唯利是图、面目可憎的顾百晓吗?"

"顾百晓便顾百晓了,又何必加上这八字考语呢?"胡闲倒笑了起来,"不!不是他!另有一个和他一般职业的人,把这情报供给我的!"

我不禁又默然了，心想："胡闲近来确是改变了作风，每每喜欢临时雇佣了几个人，给他刺探情报咧！或者能在这改变作风上，可以使他渐渐走入成功之路，而一洗向日屡次失败之羞吗？"

胡闲倒真是厉害，似已猜得了我的意思，便又拥着一脸子的笑，对我说道："华生！如今什么都得适应潮流，加以改良了！就是我们侦探的方法又何独不然，岂能故步自封？自己少出马，多用代理人，在我们侦探界中，这是最新的一个趋势了，我又怎可不效法一下，而求能勉合潮流呢？"

"那么，你可知道，住在这所洋房中的究竟是谁？这位老小姐又是去瞧看什么人呢？"我不免又向他问。

"哈哈！老友！这真叫作'踏破铁鞋无觅处，得来全不费工夫'，我们不是要探访一个姓何的吗？如今这位老小姐，不辞御驾亲征，前去登门拜访的，就是这个姓何的啊！"胡闲又满脸都是笑，十分得意地在说了。

我一听这话，心中不禁突然一跳，暗想："这小魔王沈十的失踪，照胡闲的意见，不是这姓何的实有极大的嫌疑吗？如今这位老小姐，却和这个姓何的来往着，这案情不已明了到了十分了？"便道："照此说来，我们所走的路线，确是再对也没有了！"

"哪得不对？这案情的始末，真雪亮一片地在我脑中了：这姓何的和那老小姐一定是情人，而他所以和她恋爱，或者还是在贪着她的财！不过，双方一相熟之后，方知这位老小姐只是孙妩娟的一个保护人，这偌大的遗产并不属之于她。只待孙妩娟一成年之后，这位老小姐就得依照遗嘱，解除保护人的责任，而将这份遗产归孙妩娟本人管理。又据孙妩娟的宣言，她取得这份遗产后，将以之办医院，办图书馆，作一切慈善事业之用，又与孙笑倩经营商业之意旨相左。姓何的在失望之下，又探得孙笑倩为了侄女的意趣和自己不同，这偌大的一份财产将不能再归自己运用，也很是感到不满，于是在他一再怂恿之下，竟使这位老小姐居然同意于他，要将妩娟谋害，把这遗产据为己有了！

"可是，这姓何的却是厉害不过，以为如用寻常的方法，把妩娟来谋害，说不定要给人察破的！于是他想得了十分狠毒的一个方法，把这小魔王沈十绑了去，作为一个幌子，做出这一连串的谋杀案子，使人家相信有一个疯人正在大发凶性，作着摧残少女的无理性的行动！如此，妩娟一旦被害，就可把人们的视线引了过去，不致疑到他们了！"胡闲洞如观火地说了来。

我不觉暗暗点头，认为他的话句句都对。

十七　希望你也参加

照这大势所趋，案情已是大定，我们除了再等待这可诅咒的星期五日到来以外，似乎可不必干别的工作了！——老实说，就是要干的话，也是白费精神，于事实上毫无所补的呢！

为了凌局长很是关心着这件事，常有电话来询问，因此，趁这空闲之际，在第二天的下午，胡闲又同了我，到警局中拜访了凌局长一下。

"你对于这个小魔王，大概已探得了他的踪迹了吧？"凌局长一见我们到来，就这么很兴奋地问。

"我今天到这里来，就是为了他这桩案件。"胡闲却是这么地回答，随又把他探访的经过约略说了一说，最后方说到本星期五或有一个惊人的发现，也即是本案的一个大结束。

"你真以为本案即可结束了吗？"凌局长又十分兴奋起来了。

"我想是如此！"胡闲说，又接上一句，"局长！你放枪的本领不是很好的吗？我常常听得人家说起的！"

凌局长一听得问到放枪这件事，更加高兴了，只见他两眼灼灼有光,笑容满面地说:"别的不敢自夸,说到放枪,确是很不含糊,去年年底本局比赛手枪射击,我曾全中九枪,获得锦标[①]!我最大的一个本领,能在暗室之中,把纸烟头上的这星星之火打熄呢!"

"你真能打熄这纸烟头上星星之火吗?那是好极了!在我们这一次出马中,确希望有具上你这般本领的一个人!"胡闲说时,露着十分热切的神气。

这一来,凌局长倒像似有些不懂了,只瞪起了二个眼睛望着他。

"啊!我这话说得太快了!"胡闲也哑然失笑起来,"不瞒局长说,我今天前来拜访,一则把本案经过情形报告一番;二则就是在本星期五我们的出发中,也拟请局长一起参加!"

"对于这一个参加,我倒是十分高兴的!你是不是要我把这凶徒当场射倒呢?"凌局长说。

"是的!这件事情太关重要了,我是自问不能胜任的!所以,不得不来求援于你了!"胡闲说。

于是,凌局长便与我们约定:准于星期四中夜之前,来到我们寓中,一起出发。

---

① 锦标:本指以锦缎制成的标旗。

十八　一个黑影溜进来

几天工夫一霎眼就过去，早又到了星期四的晚上了，在十二句钟刚刚敲过，凌局长果然很有信用地到来了。

他问："我们马上就要出发吗？"

"是的。照我想，还是去得早一点好！"这是胡闲的回答。

当下，便由胡闲一马当先，凌局长紧随于后，我打尾，大家悄悄地走出屋去。凌局长身上带了枪，不必说了；我同胡闲也都佩上手枪，以备万一；因为，这并不是如何乐观的一个局势啊！

作这探险之举，在我和胡闲已是第二次了；但凌局长却还是初次经到，跳跳跃跃地，露着十分兴奋的样子。一切都和上星期的经过一般，不必赘述，一会儿，我们又在那个秘密所在伏着了。

在这深宵之中，又是静静相对，不能说得一句话，这情形确是非常难堪的！所以，不到一会儿之后，凌局长首先表示有点不能忍耐了，便悄悄地向胡闲问："胡先生！你能决得定，这个万恶的凶徒，今晚表演的地点，定是在这里，而不是在别处的吗？"

"这虽不能一定，但照大势所趋，却已迟缓不到哪里去的了！因为,我已探得孙妩娟的生日便在下星期,一过这个生日,就满了法定成人的年龄了!"胡闲也悄悄地回答他。

于是,凌局长不再说什么了,也和我们一样,只是很耐心地等待着。

好容易,一句钟已是敲过,这位千娇百媚的美人儿,果然又依时出现。前番是在雨中,今次却有月亮,故瞧看得更是亲切。而在这里,这位凌局长却同看戏一般,已看到吃紧之处,只觉精神百倍,再也不觉气闷了!

一会儿,忽见这美人儿,又仰起头来,向着对面的高楼上望去。在这皎洁的月光下,瞧到她似乎露着喜悦之色,大概她已见到了什么吧?

你道,她向对面瞧见了些什么?原来:在这居高临下的对面楼窗中,有什么人在把火光晃动着,计共是晃动了六下。我们所伏匿的地方,和她所站立之处,是在同一的角度之下,所以,她既是瞧到,我们便也瞧到了!

而照这情形瞧来,这个人所以把这火光晃动着,大概是给她作为一个信号吧?——至这个信号所含的意义,虽不能猜度而知,至少总是她所期望的;或者她深宵来到园中,就是为了要瞧看有没有这么一个信号递了来?

当我一想到上星期五并没有见到这信号,所以没有事故发生;而今天却有了，不啻就是我们理想中这出悲剧的一个前奏曲，不禁不寒而栗，一个身子也有些抖战起来了！

正在此际，忽闻远处送来钟声，"当当"的，不多不少的正是二下，明明是在向我们报告着，这可咒诅的时间已到了！我们这一行三人，不觉齐把精神打起，并睁大了眼睛，瞧看着究竟有什么事故将发生！

此时，这园门忽悄悄地开启了，有一个黑影溜了进来。但尚未走到这位少女的跟前，她已经瞧出这是什么人到来了，即欢声叫了起来："少牧！少牧！"

十九　可怕的一幕

说时迟，那时快，那人早已到了面前，孙妩娟即高举两手扑了去，他们便互相拥抱着。可是，从背后看去，在那人的右手中，却见执了有明晃晃的一件东西，给这月光照耀着，瞧看得非常清切，这不是别的东西，乃是又长又尖利的一柄小刀！

"啊呀！胡闲猜想得一点都不错，果然已到了最后的一幕，这个杀人不眨眼的魔王，要来行刺她了！"

我一面这么想,一面便想拔足奔了去,要把他手中这凶器夺了下来;可是,时候已是来不及,早见那人已把这刀高高举起,要向她刺了下来。我急得想要喊时,谁知张口也像似噤住了的,竟是发不出什么声音来!在这里,我不免暗恨我自己太是无用了!而最是使人看了不忍的,这位天真无邪的少女,此时面含倩笑,目露晶光,似正陶醉在爱情之中,并不知有祸事之将临。

好了,好了!正在这千钧一发之际,忽听得有连续不断的二声枪声,这是凌局长在表演他的神技了!果然一点都不含糊,只见那人拿刀的那只手,立刻便僵直地垂落下来,又听得"当"的一声响,那柄刀已掉落在水门汀①上。同时,那人的身体已是站立不住,慢慢地向着后面扑去,不多时,便也直僵僵地仆倒在地上。

孙妩娟再也想不到会有这种事情发生,不免尖声叫喊起来,接着,便跽在那人的身旁。这时我们早已赶了过去,把电筒一照之下,却见那人三十不到、二十有余,面貌颇为俊秀,衣着也是楚楚,这枪弹适打中要害,所以,只见他的两个眼睛是睁大着,一张口是张开着,已是死在那里了!

胡闲想把孙妩娟搀扶起来,但并不曾办到;凌局长可不能这般地

---

① 水门汀:水泥,为英语 cement 的音译。

客气了,竟把她硬拉了起来,并对她很直率地说:"姑娘!我们是警务人员!此人就是摧残少女的那个魔王,如今又要来刺你了!你瞧,他的那柄刀不是掉落在你的脚边吗?不是我用枪打他,你的肩上早已吃了一刀了!"

"哪有这回事?我和他已是订了婚了!他既爱我,我也爱他,我不信他对我会有这么一手!"孙妩娟哪里会相信。

"就是我,也不信有这回事!但一瞧到这柄刀,却不能不相信!"凌局长又说。

"孙小姐!你慢慢儿自会知道!你要明白,他要对你行刺,实是有上很大的一种阴谋呢!"胡闲也对她说。

孙妩娟最初仍不相信她的这位未婚夫,今晚乃是要来谋害她的。但瞧到地上放置的这柄明晃晃的尖刀,又亲眼见到这刀确是从他手中落下,再把当时的情形一想,觉得事实确是如此,凌局长和胡闲并不曾向她打诳呢!

"但是,他为什么要谋害我呢?"她仍是带着怀疑的神气。

"这决计不会毫无目的的,你不久自会知道!"胡闲微微笑说。

二十　一封奇怪的信

后来，经我们询问之下，她方始把他们二人恋爱的经过，约略说了一说。原来，这个恶魔姓何名少牧，和她在一个喜筵上遇见后，即彼此相见恨晚，结成密友，不久，又订了婚，但他们的订婚是秘密的，连得她姑母都没有知道！这是他们二人共同的意见：因为她未达法定成人年龄，对于婚姻尚无自主之权，一旦宣布出来，如遭她姑母反对，反为不美！不如待到满足了法定年龄后，再行宣布出来呢。

不料，订婚没有多久，何少牧忽有上某种的嫌疑，受着侦探们的监视，只好离开本市，暂时避上一避风头了！这离别时的情况，自是非常难堪，但何少牧却十分坚决地说："可是，无论如何，我总是舍不了你的，一旦有了什么机会，我定要再来瞧看你，那时再商量妥善的办法俾仍可遂双栖双宿之愿啊！"

她那次和他话别的时候，正是某一个星期四的深夜，算起来已是星期五的上午了，时间恰恰是二句钟敲过后。所以，为便于记忆起见，便彼此约定：他如要偷偷来看她，也就在每周中这一日，并恰恰是这个时候。所以，她每逢到了星期四的深夜，定要偷偷来到园中，看他到底来与不来呢。

当她说到这里时，胡闲含笑问道："你们不是以举火为信号吗？只要见到对面的楼窗中，有人把火光晃动着，来回共是六次，那就知道这姓何的已是偷偷回来，快要和你来相会了！"

她听了，把头点了点，同时又举起妙目来，向胡闲望了一望，似乎佩服他的本领不错，竟是什么都知道的。跟着，她把先前所说过的语，又复上一句道："但是，他为什么要谋害我呢？"

她一边说，一边又向死在她脚下的情人望了几眼，似乎很是悲伤的样子，而一时情感所冲，几乎要倒下地去。委实这件事太是可怪，也太是可悲了，以她一个弱女子身当其境，百端环攻，又哪里支撑得住呢？

胡闲见了，忙把她扶住了，然后又和我把她送到屋内，让她在一张沙发上卧下后，复向她安慰了几句，方又一起走出。

这时候，凌局长已从园外，把守候在那里的几个部下唤了进来，叫他们把这尸体舁起，预备送往验尸所中去。

这是照例的文章，更在这死者的身上，检查一下，究带了一些什么东西？可是，除了一只手表和少许的钱币之外，却没有别的东西。只在大衣的袋中，藏了一封已贴邮票而尚未寄出的信。

"这封信一定是很关重要的！"凌局长一见便这么说。但当一个部下把此信递给了他，他只一看信面，又像似很为诧异地，叫了起来道："怎么说，这封信还是寄给我们警局的啊！"

我和胡闲听了，忙也凑过头去看，果见上面写得清清楚楚，投寄本市警察总局，一时倒也觉得奇怪起来了。

凌局长把那封信拆了开来，读了一回后，递给我们二人看。

二十一　同谋者

"你们二位请看！这不知究是什么意思呢？"凌局长说。

胡闲便把信接了过来，当和我一起读着，只见这内容是这样：

局长钧鉴：

　　民以偶然之机会，在新疆路一荒场上，见到所停之空汽车中，有一女子已死于其内。究是因何而死，可不得而知。

　　民现欲向局长报告者，即民发现此尸体之时间，正为本星期四午夜十二句钟。此对于贵局将来作本事件之推究时，或有相当之帮助。

　　民本应亲自赴局陈述，奈以前曾在局中有案，恐反引起种种之不便，故以此书为代。敬希谅之。

民隐名氏上

我把此信看了一看，觉得这是与本案没有什么关系的。果然，胡闲也和我是同一意见，只听他说道："这或者是另一事件，却与本案是无关的呢！"

于是，凌局长把这封信接了去，放在衣袋中，又说道："如今，本案总算已告一段落了！不过，这小魔王沈十究竟藏匿在哪里，与本案是否有关，还得探访明白！最使我感到辣手的，这个元凶已死，无法取得他的口供，只有今天欲向孙小姐行凶的这一事件，可由我们三人证明外，关于他以前种种之罪行，却无由证实是他所为。那么，这像有定期性的一连串的谋杀案，不仍只能成为悬案吗？"

在这里，我好像突然间聪明了起来的，便含笑说道："不相干！这只要到了下一个星期五，不再有像这般的少女被杀案发现，就可作他是本案真正凶手一个极有力的反证！"

"不！这倒不必如此的！"胡闲也笑着说，"你难道忘记除他之外，还有一个同谋者吗？"

我一听这话，就知道他是指着孙笑倩而言；可是，凌局长却有点莫名其妙了，不免带着惊诧的神气问："怎么，还有和他同谋的？现在又在哪里？"

"好！你且随我来，待我引领给你看。"胡闲说。

于是，胡闲在前引路，我和凌局长默然随在后面，又向着屋中走去。到得里面，却见孙妩娟仍睡在沙发上养着神，但神色间已自在得多了,一见我们走入,即一骨碌立起身来,胡闲便向她问道:"孙小姐!你的姑母在哪里?不是还在楼上睡着吗?"

"不!她不在家,她昨夜并没有回来呢!"妩娟回答。

"她不是常在外面过夜的吗?"胡闲又问。

"是的,每星期中大约总有二三次。"妩娟又向他回答。

"如此,我不再惊动你了!我倒是知道她的去处的!"胡闲说完此话,即向那少女点了点头,和我们又走出来。

"哦!照此说来,你所谓那同谋者,大概就是这孙笑倩吧?"凌局长这时候似乎也聪明起来了。

胡闲并不曾回答这句话,却把头儿点了点。

二十二　扑了一个空

一会儿,胡闲又说:"我们快些儿走吧!如果等她知道了这里的情形,她的阴谋已归失败,她定远走高飞,那我们就要大费手脚了!"

凌局长把头点点,也就急急走了出去。他所坐的那辆汽车,早在门外等候着了,就邀我们一齐坐了上去。

"如今我们到哪里去呢?"凌局长坐定后方又问。

胡闲便向他的耳畔,轻轻说了一个地名,凌局长便又轻轻对那司机说了,这车即向前面驶去。我虽没有听清楚这地名,但已知道定是我们那天盯了孙笑倩去的那个地点——马斯南路,换句话说,也就是她和那姓何的秘密结合的一所小房子呢!

果然,车子一到马斯南路,就依照胡闲的吩咐,在那天瞧见孙笑倩走进去的那条里口停下了。我们三人也就从车中走出。

"她住在里中哪一家呀?"凌局长问。

"这个我早已打听清楚,你们跟了我来就是了。"胡闲说。

我们跟他走入里中,到了像似一个公寓的门前忽停了足。他在门前约略打量了一回后,方又一马当先,走了进去。我们自也跟在后面。因为这是公寓,进出之人甚多,所以虽在夜中,一任我们走去,并无人来拦阻。

直至到了二层楼上十七号房间的门前,方有一个夜班茶房走了来,询问我们道:"你们要访问什么人……"话刚说到这里,忽向凌局长看了一眼,又欢呼起来道:"呀!原来是局长吗?想不到你老人家会到这里来的!"

凌局长生怕给人听得似的,忙向他摇手,说:"轻声些!你不是××号吗?我几乎要认不得你了!你如今在这里工作吗?"

"是的。我自从辞去差使后,就到这里来了。局长不是要访十七号的何先生吗?他此刻不在房中呢。"

"那么，他的那位女朋友，今晚可来了没有？"胡闲忙抢着问。

"哦！你是问的那位孙小姐吗？何先生今晚就是同她出去的，直到此刻还未见回来呢！"

于是，凌局长倒有点踌躇起来了。胡闲忙向他使了一个眼色，凌局长便也会意，即说道："也罢，原是他约我们来的，他既还不曾回来，你且开房门，让我们进去等一下吧。"

那茶房自无话说，即取钥匙开了房门，让我们走了进去，又给我们斟上一杯白开水，便管自走了。

至是，我们方向房中细细瞧看一下，却见一切布置，都是十分富丽，倒好像置身在金屋之中了！

我不禁笑道："这姓何的看来倒像是很有几个钱的呢！"

"他正不必自己有钱，他有了这么一位女经理作密友，怎还会布置不出一间金屋来啊！"胡闲含笑说，明是在点醒我了。

我又一眼看去，只见靠窗右面的壁上，还悬挂着一张一男一女合拍的放大摄影。我只向上面略一瞧视，不觉脱口叫了一声："呀！"

"老友，你又看到了什么？竟是这般大惊小怪了！"胡闲又笑着问。

"我再也想不到，这位老小姐的情人，和她侄女的情人——就是刚才死在那边屋中的，怎么竟是一个人呢？"我也老实说。

"唉！华生！你真是老实，连这点事都不曾明白！我却早已知道了！"胡闲像似很可怜我的。

二十三　还有这么一个转变

　　后来，关于这内中的情形，据胡闲所推测得的，又由他对我们详细说了一番。这一来，连得凌局长也都十分明了了。

　　原来，这情形大概是这样的：这恶魔何少牧最初确是向孙妩娟追求着，凭着他的那一副好功架①，相貌也长得相当不错，果然获得这美人儿的欢心，并且秘密订婚了！但他的目的十分之九是图财，贪色还在其次；满以为如此一来，偌大一份的财产，定可归他所有了！

　　谁知，订婚不到多久，却从孙妩娟的口中，探得了她的志愿：一旦获得这份遗产，却欲以之作创办医院及设立医学图书馆之用的！而妩娟的志愿很是坚决，轻易不肯变更，他又是完全知道。于是，他不免感到失望了！

　　可是，他是一个什么角色，既已做到如此一步，怎有肯半途而废！在苦思焦虑之下，又给他想得一个补救的方法了！这方法是，复

---

① 功架：举止、仪容与风度。

把这目的移转到孙笑倩的身上去;同时,当然啰,早又伏下了一条谋害妩娟之心;这因为,他们孙家那张遗嘱的内容,已给他探听得明明白白的了!

这孙笑倩的年龄已近四十,可说是一只老蟹①了;而他则三十尚未到,以他欲去追求笑倩,可云降格而求,哪里还会不达到目的的?等到目的一达,他便把那预定的计划施行起来,这件惨案也就由此开始了!至于他本人,竟会如此的一个结果,这是他做梦都不曾想到!照他想来,定可十拿九稳,马到成功呢!

"你这话确不错!观他的布置,也实是周密之至,又哪里会料到你已洞悉他的阴谋呢?"凌局长待胡闲把这情形述说完了后,却是这么说。

"然而,也还得仰仗你这一个神枪手;否则,他的阴谋虽终归失败,但这位少女的性命恐要不保了吧!"胡闲又望着凌局长笑嘻嘻地说。

世人哪一个不是喜欢吃马屁的,凌局长一听这话,不觉也把笑脸展开,像似很是得意的样子。

在这里,我不免也要插问一句了:"那么,照你想来,关于谋害妩

---

① 老蟹:妇女中老而圆滑或善淫的人。打扮或冒充作年轻女子来勾引人。

娟的这一个阴谋,他定曾对笑倩说过,而取得她的同意的吗?"

"同意不同意,现在虽尚不能加以武断;然至少可说,她一定是知情的,因为,对于这遗产将来的运用,她是不满意于她侄女的那种主张的,就她私心而言,又何尝不希望她侄女早早死去,而可把这份遗产移转于她呢?"胡闲说。

"只可惜我们扑了一个空,竟不能在这里捉到她!不然,凭她是如何得厉害,我们总可问出她的口供来呢!"凌局长顿时又透露着失望的情形。

"真的,她究竟到了哪里去了?如何既不在家中歇宿,却又在这里捉她不到呢?"我也说。

正在此际,忽听胡闲吃惊地叫起来:"呀!想不到还有这么一个转变!我在本案中,如今又是完全失败了!"

"你说些什么?"凌局长很吃惊地问。

我虽不曾开得口,但这吃惊的程度,可自问并没有减于凌局长!

"在刚才所搜得的这封信上,这死坯不是说在新疆路的那面,他曾在一辆车中发现了一个女子尸首吗?"胡闲又突然地这么问。

"是的。但我匆匆间,还未差人去瞧看过呢!"凌局长答。

"如此,我们快去瞧看一下吧!"胡闲像似很匆促的样子。

二十四　果然是她

在新疆路的那一端，有一段地方确是很冷落的，所以，载有女尸的那辆汽车，停在那荒场的旁边，直到现在，除了那个恶魔何少牧说是瞧到过外，尚没有旁的人将它发觉得，连得岗警都不曾对它注意过！

当我们的汽车驶入了新疆路，便一路留心看去，果然在一个荒场的旁边，见有一辆汽车，像似抛锚一般地，停在那里了。

"他所说的，大概就是这一辆车子！"局长一见便很兴奋地说，随即停了车，大家一齐走下。

胡闲却显着从来未有的一种紧张的神气，即当先走近车旁，打开车门，拿起电筒，很注意地向着车中一照。只一照之下，便又退了出来，灰白着一张脸，尖声呼叫道："果然是她！果然是她！——唉！这一遭我又栽了大大的一个筋斗了！"

但他虽是这般地说，我却猜不出他所说的这个她究是谁！

凌局长当然也和我有上这同样的情形，可是他比我要来得性急，早向胡闲发问道："你所说的她，究是哪一个呀？"

"这还有哪一个,自然就是我们正要找寻的那个孙笑倩了!"胡闲只冷冷地回答。

这一句话不打紧,我和凌局长不觉都呆了起来了。

良久良久,凌局长方又说:"如此说来,她在本案中,并不是一个同谋者吗?不然,她自己怎反又遇了害呢?"

"唉!这情形很为复杂,停会儿再细细地告诉你吧!"胡闲只是唉声叹气着。

当下,凌局长也走到车中去,把这女尸瞧看了一下,便又把岗警找了来,对于他在这地段内出了这么一件大事,竟是毫不知觉,未免太疏忽了,不由把他大大地申斥了一顿。随又叫这岗警把这尸首看守着,然后又分头打电话给验尸所及法医,着将尸首异往验尸所,着手进行验尸的工作了。

当我们重回到汽车中,向着警局中直驶而去时,凌局长却迫不及待地,又向胡闲问道:"请你赶快告诉我,这究竟是怎么一回事呀?"

"唉!这无非受了遗产之害!所以那个恶魔要把孙妩娟害死不算,同时还得先把她置之死地呢!"胡闲又叹息着说。

这在凌局长当然仍是莫名其妙,但我却是见过他们孙家的这一张遗嘱的,不由登时恍然大悟了,便也接口说道:"哦!怪不得那恶魔要写上那封信,给这孙笑倩死去的时间来上一个证明!否则,孙妩娟如果一旦给他杀死之后,人家却不承认笑倩是死在妩娟遇害之前,这在他不是前功尽弃吗？"

"唉！你们在说些什么？我却一点儿都不懂得呢！"凌局长不由发急起来了。

于是，胡闲方又把孙家所立那张遗嘱的内容，向他详细一说，他方也完全明白了。因此，他又问道："如此说来，你所说的那个同谋者，事实上却已变为孙明玉，而不是孙笑倩了呢！是不是？"

"依情形而言，大致是如此！因为照这恶魔的那种安排，都是谋能有利于她，使她可以安然承袭这笔遗产啊！"胡闲回答说。

二十五　最后的结束

这在我很是引为遗憾的，像这般曲折离奇，轰动一时，并范围弄得很大的一件案子，自从这恶魔何少牧一死之后，就烟消火灭，不再有什么新的发展了！而就实际上言，本案也已不结束而自结束呢！因为，本案的主动者只有这恶魔一人，他一死，自然什么都可了结了！

但为求读者们明了和满意起见，我还得好好地交待上几句话：

（一）孙笑倩的尸体，已由法医检验过了，据说先是在食物中中了毒，然后又给人扼死的！据此以推测，定是何少牧先在食物中下了毒，然后以出游为名，同了她一起坐了车出去，到得新疆路那边静僻的所在，恰恰这毒发作起来。何少牧生怕或有呻吟，或呼叫之声，从她口中发出，忙依预定的计划，即用手把她扼死了！这在他真只一举手之劳啊！然后把车连人，抛弃在那边，管自逃走。

（二）孙明玉的个人历史和私人生活，已调查明白了。她是一个清苦的小学教员，在乡间教着书，自甘淡泊，什么纷华的场所都不去。也曾嫁过人，但那丈夫却不来照顾她，已出门去好多时候了！照此看来，她和本案却是没有丝毫关系的！

不过，在这里，却又听得了一个惊人的消息：她所嫁的那个丈夫，也是姓何，而据胡闲详细调查之所得，正就是那个恶魔何少牧啊！

"好家伙！如此说来，孙家的那三姊妹，都在他玩弄之中了！本领倒真是不小啊！"我闻得了这消息，不免要这么说。

"这没有什么稀奇，上海尽多这辈拆白①的少年，对于任何女子，都有接近的方法的！"胡闲含笑说。

"不过，他的手段也太狠毒了，为了要谋得这一份遗产，竟不恤把二个情人的生命牺牲了去！而他所以要把孙明玉留着的，大概为了她比较容易对付，不如笑倩和妩娟的各有自己的主张，一旦承袭了遗产，

---

① 拆白：方言，用流氓手段进行诈骗。

决不肯让他任意挥霍吧？"我又说。

"你这个推测一点也不错！"胡闲也加以首肯了，"不过，据我想，这只是一个过渡的办法！一旦遗产真是到了手，说不定又要找个机会，把这孙明玉也一并害死的！"

我也把头点点，觉得他已把这恶魔的心肠看得很透很透的了！如果不死的话，此后正不知还要害死多少人呢！

（三）这小魔王沈十，原是给那恶魔囚禁在一个秘密所在的；自那恶魔一死之后，经胡闲四处找寻，居然把他寻得，又恢复了自由了！而关于被骗去时的情形，正和胡闲所推测的，若合符节。

"但是，那签字的名片呢？是不是你的亲笔？"胡闲含笑向他问。

"这确是我的亲笔。"他回答，"可是，我还得有上一个声明，这全是给他赚了去的！他对我说：'我是鉴定笔迹的一位专家，要知道你的神经是否已健全，只看你所写的字就可明白！你如今可多签几个自己的名字给我看！'因此，便将他给予我的一叠卡片，不停手地签写起来了！"

对于这沈十的签字，那恶魔是用这般方法骗得的，也可谓狡诈之至了！我和胡闲听到这里，不禁相视而笑。

案结后的数天，胡闲和我同坐在事务所中，孙家比邻的那所洋房，自然退了租了。我们不免又谈起了这件案子，胡闲叹道："唉！讲到这一案，要算是我最得手的一案，不料在这末了，仍又来上这么一个转变，全出乎意料之外，使我不得不自认失败！由此看来，这'失败'二字竟是跟定我了吧？"

"不！这不得称之为'失败'！就算失败，也可说得是虽败犹荣呢！至少，孙家那位美人儿不致遭到毒手，总是全仗你力！而这恶魔的阴谋，也是由你揭穿！怎么还不值得称颂一番呢？"我忙含笑说。

失败惯了的他，骤闻这恭维的话，倒似乎有点局促不安了！

附录

《胡闲探案：鲁平的胜利》[1] 作者自序

成功与失败原是对立的；人既有成功，就不能无失败；而成功与失败如果作起比例来，后者的次数每每超过前者的！而且，"失败为成功之母"，有许多的成功都由失败而来！故对于失败实不能一概抹杀的！那么，人们写侦探小说，为什么只写一般大侦探的成功史，而不写他们的失败史，真使我大惑不解了！

何况，讲到失败，其情形也各有不同，有的举措失当，全军覆没，有的事败垂成，功亏一篑；倘从各个不同的角度方面，而把这些失败史写出来，不是较之为一般大侦探作纪功碑，写成功史，一味歌功颂德的，更其要热闹而好看吗？

我在三十年前，曾基此理想，在我的腕底创造出一个失败的侦探

---

[1]《胡闲探案：鲁平的胜利》单行本于1948年3月由正气书局出版发行，其中收录"胡闲探案"系列最后三篇：《狭窄的世界》《鲁平的胜利》《少女的恶魔》。

来，曰胡闲；他是被称为"失败的侦探"，十桩案子倒有九桩是遭到失败的！可是，他虽常遭失败，绝不灰心，是不必说了；且还有上一个必要的条件，那是须失败得有理由，须失败得有价值，常能保持着"虽败犹荣"的程度。因此，这"胡闲探案"络续在我所编辑的《侦探世界》上刊出后，竟赢得一部分人的同情！只可惜我后来困于辑务，写了几篇之后，就不在续写了。——这可说是我个人的失败，同时也是这位胡闲大侦探失败中的失败！否则，凭了这三十年的成绩，纵不能与小青之"霍桑"、了红之"鲁平"争衡，至少总也可独树一帜吧？

年来闲居无事，偶然也给杂志上写几篇侦探小说，不由想到了这位胡闲大侦探，便又把他抬了出来。为了他是常常失败，不免成了一个可嘲笑的对象；因之，这幽默的气氛，诙谐的情调，却充满了字里行间了！在这里，倒又能博得一部分人的同情，以为较之正襟危坐而高谈侦探的大道理的要有趣得多！现徇正气书局主人之请，拣了几篇较为可看的，辑成一个单本。如果高兴的话，说不定还要一集一集的，继续刊印出来呢！

哈哈！"胜固欣然，败亦可喜"，这是立身处世最好的一种精神；如能以此心情，而来看我这不落常调、别具一格的侦探小说，或能赏识于牝牡骊黄之外，而作会心之一笑乎？是为序。

民国三十七年一月茗狂书于海上忆凤楼

《胡闲探案》各篇初刊一览[1]

《裹中物》，1923 年 6 月，刊于《侦探世界》第一期

《榻下人》，1923 年 7 月，刊于《侦探世界》第二期

《谁是霍桑》，1923 年 8 月，刊于《侦探世界》第四期

《新年中之胡闲》，1924 年 2 月 5 日，刊于《侦探世界》第十七期

《胡闲探案》，1940 年 3 月 16 日，刊于《玫瑰》第二卷第三期，署名：老调

《狭窄的世界》，1947 年，刊于《镇丹金溧扬联合月刊》第六、七期合刊，署名：华生

《鲁平的胜利》，1947 年，连载于《新上海》第六十三期至第七十八期，署名：黄华生

---

[1] 本部分主要根据《中国侦探小说理论资料（1902—2011）》（任翔、高媛主编，北京师范大学出版社，2013 年 3 月）附录三《原创侦探小说目录（1901—1949）》整理而成。

《少女的恶魔》,1947年,连载于《新上海》第七十九期至刊物停刊,1948年又移至《新园林》续刊[1],署名:黄华生

---

[1] 由于目前可查资料不全,《少女的恶魔》具体连载时间和期数尚存疑,但由于《胡闲探案:鲁平的胜利》单行本于1948年3月由正气书局出版发行,故按常理推测连载结束时间应不晚于该时间。

编后记

赵苕狂（1893—1953）先生生前一定不会想到，他早年以"游戏"心态写成的滑稽侦探小说《胡闲探案》，会在几十年后，让一个21世纪的年轻推理小说迷下定决心，开始义无反顾地整理晚清民国时期先辈作家们创作的侦探小说。

2016年初，推理作家时晨兄受我之邀，为我们共同的好友亮亮的幽默推理小说《季警官的无厘头推理事件簿3》（长江出版社，2016年5月）写推荐序，他在序中提到了民国侦探小说家赵苕狂的"胡闲探案"系列，说他的侦探小说是民国时期的"幽默推理"。

那时候，我正想写一篇有关"幽默推理"小说的综述文章，所以一时兴起就去故纸堆中翻了翻苕狂先生及其侦探小说的相关资料——

严芙孙（1901—?）在《全国小说名家专集》（上海：云轩出版部，1923年8月）中介绍赵苕狂时曾说："他的小说自以侦探为最擅长，可以与程小青抗手，有'门角里福尔摩斯'的徽号。"

1940年3月16日，赵苕狂在《玫瑰》杂志第二卷第三期发表了系列同名短篇《胡闲探案》。就在当期的"花前小语"中，他自述道："我和陆澹盦、程小青先后合编《侦探世界》的时候，曾由我自己创造出一位大侦探来。这位大侦探叫胡闲，他不是一位成功家，而是桩桩案子都归失败的，中间开足了玩笑，倒也颇足引人一噱！在我初意，并不欲别树一帜，只因写得侦探小说，局势总是非常紧张的，倘然篇篇都是这一类的侦探小说，岂不叫人过于兴奋？所以我欲把一种轻松的笔墨来调和一下空气了！当时对于这种《胡闲探案》，嗜痂者颇不乏人，这在我很是引为荣幸的，后来《侦探世界》停刊，我也不再写这一类的小说了。不料侦探小说，现又风行一时，我见猎心喜，不免重为冯妇。本期所刊出的，还是最近写成的第一篇，如以游戏的眼光看去，似尚值得一看！此后并拟续续地献丑，不知读者也赞成否？"

诸如此类的文献一一过目后，我才后知后觉：原来，"胡闲探案"系列在民国侦探小说界可说相当知名，大侦探胡闲更因是一位典型的"失败的侦探"，而广为当时的读者所熟知。

但在此之前，我和很多人一样，都以为"幽默推理"这一类型是在日本幽默推理大师东川笃哉的作品引进中国之后才逐步兴起的，其实早在晚清民国时期，就有一种名为"滑稽侦探"的小说，已经率先将滑稽幽默元素加入到侦探小说当中。除赵苕狂外，徐卓呆、朱秋镜（代表作《糊涂侦探案》）等作家也深谙此道。

所以，只读《胡闲探案》显然是不够的，既然想系统研究当代"幽默推理"小说，就应该把这一类型的源头——晚清民国"滑稽侦探"小说——尽可能多地挖掘出来，系统研读。

但晚清民国侦探小说数量何其庞杂，我们又没有一份完整记录这些作品的"存目"，想要从中挑选可供研究需要的作品，无异于大海捞针，只能望洋兴叹！

为了可以一劳永逸，就只能从当下开始着手，编纂一部详尽完备的《晚清民国原创侦探小说存目》，并尽力搜罗、抢救那些正不断被历史遗忘的晚清民国侦探小说。毕竟，有些作品可能已经永远遗失在历史的暗角之中，再也找不回来了。

所以，从某种程度上来说，我是在苕狂先生"胡闲探案"的指引下，才阴差阳错地一脚踩进了"晚清民国侦探小说收藏与整理"这个大坑之中。

话说回来，当时在确定"胡闲探案"目前现存八篇之后，我便开始搜集原始文献。首先，在科幻作家、晚清科幻研究者梁清散兄的帮助下，从"全国报刊索引"很轻松下载到了前六篇的扫描版；随后，我又在"百年中国侦探小说精选（1908—2011）"第三卷《雪狮》(任翔主编，北京师范大学出版社，2012年10月) 中找到了第八篇《少女的恶魔》；唯独第七篇《鲁平的胜利》，因上海图书馆馆藏报纸《新上海》不全，一直没找到全文。

眼看拼图只差一块，只好另觅出路。好在有资料显示，正气书局曾于 1948 年 3 月将"胡闲探案"后三篇结集成单行本：《胡闲探案：鲁平的胜利》。于是我的第一个想法是：一定要把这本书淘回来！

不过，那时我还没有收藏民国原版侦探小说的念头，也不怎么去孔夫子旧书网闲逛（也因此错过了不少物美价廉的晚清民国侦探小说），所以只能拜托颇有网络淘书经验的王铮兄（著有《来找人间卫斯理：倪匡与我》《倪匡笔下的一百零八将：小说人物点将录》）帮我寻觅寻觅。结果，他在专卖旧货的 7788 收藏网上一家名叫"吉云堂"的旧书店发现了此书。只可惜当时该店正处于歇业状态，他只得给店主在网上留言，却也杳无音信。

最后，幸亏上海图书馆也藏有此书，遂在友人计双羽的协助下，花钱复印了《鲁平的胜利》单行本全本，入手时间是 2016 年 7 月 12 日。

本来想着淘不到《鲁平的胜利》民国原本就算了，但意外之喜却从天而降。我在 2017 年 2 月中旬忽然发现"吉云堂"又复营业，《鲁平的胜利》也可以购买了，于是赶紧将其收入囊中。

看来，我与苕狂先生还真是命里有缘呢，而且缘分还不止于此！

2016 年 7 月 5 日，我入手了人生第一本民国藏书——一本民国滑稽侦探小说集——《滑稽探案集》，就此正式开启了"晚清民国侦探小说收藏与整理"生涯。

《胡闲探案：鲁平的胜利》封面
（来源：华斯比藏书）

《滑稽探案集》封面
（来源：华斯比藏书）

但由于我所淘这本书缺失了版权页,不知是否为初版本。根据《民国时期总书目(1911—1949):文学理论·世界文学·中国文学》(北京图书馆编,书目文献出版社,1992年11月)、《民国通俗小说书目资料汇编》(魏绍昌主编,上海书店出版社,2014年12月)等文献资料显示:《滑稽探案集》正乃苕狂先生所编,于1924年8月初版,由上海世界书局印行。

书前"提要"有云:"小说中,最能开拓人之心胸,引起人之兴趣者,莫如滑稽小说与侦探小说,此已为一般读者所公认。其能兼而有之者,则滑稽侦探小说尚矣。本集所载,皆为诸大名家最近得意之作:一方突梯滑稽,尽诙谐之能事;一方奇诡兀突,穷探案之奇观。诚为近来出版界第一奇书,弥足开人心胸,助人兴趣者矣。全集凡十余案,而一案有一案之格局,一案有一案之精神,尤足耐人寻味云。"

此"提要"应系苕狂先生所撰,阐述了滑稽侦探小说在民国时期受广大读者欢迎的主要原因,但目录和内文却均未标注每篇小说的作者是哪位名家,尚有待考证。不过,没过多久这一困惑便解开了。

某日,新浪微博ID为"舒心小牛"的网友跑来与我说:《滑稽探案集》中的第二案《太太奶奶式的侦探》单从题目上看,能够让人联想到求幸福斋主何海鸣(1887—1944)的侦探小说《家庭间的侦探》。于是我在《侦探世界》杂志第二期上找到了这篇小说,两篇一对照,发现果然是同一篇,只是小说题目做了更改。

这时，我忽然记起对程小青（1893—1976）和《霍桑探案》颇有研究的刘臻兄曾说过，不少民国原创侦探小说在报刊发表之后，结集出单行本时可能会更换标题，如果不看原文，会误以为是全新的小说（细细想来，何止是民国？当下出版界亦然）。

另外，《滑稽探案集》的出版时间在《侦探世界》杂志停刊之后，两者又都由上海世界书局印行，杂志发表过的小说再结集出版也极有可能。

根据以上三点，我基本可以断定：《滑稽探案集》中收录的十二篇"滑稽侦探"小说，不出意外应该都来自这二十四期《侦探世界》之中。

结果，在仔细核查之下发现，《滑稽探案集》全书十二案均能在《侦探世界》中找到对应篇目，其中竟然还包括苕狂先生自己的"胡闲探案"系列前四篇。真可谓：编辑一时改名爽，学者日后考证忙！

在此，不妨把篇目和作者的考证结果公布一下，也方便后来者参考：

第一案：《大侦探与毕三党》，即求幸福斋主《一星期的上海侦探》，原载《侦探世界》第十一期；

第二案：《太太奶奶式的侦探》，即求幸福斋主《家庭间的侦探》，原载《侦探世界》第二期；

第三案：《母之情人》，即徐卓呆《母亲之秘密》，原载《侦探世界》第一期；

第四案：《一群饭桶大侦探》，即徐卓呆《小苏州》，原载《侦探世界》第七期；

第五案：《自己上当》，即徐卓呆《幸运》，原载《侦探世界》第九期；

第六案：《什么东西》，即赵苕狂《裹中物》，原载《侦探世界》第一期；

第七案：《床底下的拆白党》，即赵苕狂《塌下人》，原载《侦探世界》第二期；

第八案：《错得太巧》，即赵苕狂《谁是霍桑》，原载《侦探世界》第四期；

第九案：《好运气》，即赵苕狂《新年中之胡闲》，原载《侦探世界》第十七期；

第十案：《留心第三次》，即赵苕狂《重来》，原载《侦探世界》第八期；

第十一案：《当票被窃》，即胡寄尘《外行侦探案》，原载《侦探世界》第二十三期；

第十二案：《特别侦探术》，即徐卓呆、胡寄尘、赵苕狂三人合作之"集锦小说"《念佛珠》，原载《侦探世界》第十四期。

此次整理出版的《胡闲探案》，收录了目前可见的"胡闲探案"系列侦探小说八篇，其中前五篇以《侦探世界》《玫瑰》杂志发表版为底本（原刊中颇具趣味性的"詹盦戏注""苕戏注"等内容予以保留），后三篇则以正气书局1948年版《胡闲探案：鲁平的胜利》为底本，并将所能找到的《鲁平的胜利》连载版所配插图一并收录（感谢好友施施小洛帮忙修图）。

可以说，这是"失败的侦探"胡闲诞生近百年来，有关他的探案故事首次以图文并茂的形式完整结集。另外，苕狂先生尚有一些"非系列"的侦探短篇，就有待将来再整理出版吧！

行文至此，我倒是想起了通俗文学研究大家范伯群（1931—2017）先生，他曾把《中国现代通俗文学史（插图本）》（北京大学出版社，2007年1月）的代后记拟题为"觅照记"，讲述自己寻觅民国通俗文学期刊创刊号封面和作家小像的苦与乐。我这一篇信笔草就的"编后记"，不妨也向范先生致敬一下，权且称其为"觅赵记"吧！

华斯比

2020年11月19日于吉林铭古轩